卜部兼好《うらべのかねよし》 — 吉田兼好の真実

村 俊二

目次

なる　◆後醍醐、倒幕に傾く　◆二条為世から、古今伝授を受ける　◆正中の変　◆醍醐天皇は異形の人　◆邦良親王から、歌を召される　◆兼雄の七回忌に　◆最後の執権、赤橋（北条）守時　◆皇太子・邦良親王が死去する　◆兼好、具親らと邦良親王を回想する　◆『徒然草』後半をまとめる

◆元弘の乱＝後醍醐の「ご謀反」　◆後醍醐は隠岐に流罪になる　◆足利尊氏と弟・直義　◆頓阿と遊ぶ　◆延政門院、没す　◆後醍醐、隠岐から逃れる　◆尊氏、後醍醐と密かに連盟する　◆元弘の乱＝鎌倉幕府、滅亡する　◆元弘の乱以降については、兼好は、『徒然草』の中で言及していない。

◆後醍醐の新政　◆世上の混乱は収まらず　◆足利軍、後醍醐軍と戦う　◆「内裏千首和歌」にも選ばれる　◆兼好の母が没した　◆兼好、大覚寺に籠もる　◆尊氏、政権を把握する＝北朝を立てる

◆尊氏の天下を取った喜び　◆尊氏政権、発足する　◆直義の政務は順調　◆後醍醐は吉野へ逃亡する＝「南朝」がここに始まる　◆二条為世、死す　◆後醍醐、死す　◆兼好の妻・延政門院の一条が死ぬ　◆冬の日、一条の家で　◆一条の家を再訪して　◆婆娑羅大名が台頭する　◆高師直　◆兼好は師直の艶書を代筆する　◆兼好、「兼好家集」の編纂に取り組む　◆和歌の家のその後　◆兼好、今川了俊に会う　◆直義の『高野山金剛三昧院奉納和歌』に詠進する　◆『兼好法師家集』、完成する

◆兼好の閑かな生活＝功なり名遂げて　◆晩年の兼好を囲む人々　◆幕府の中では、直義と高兄弟が対立　◆直義、出家させられる　◆直義、京都を奪回する　◆三つ巴の騒乱が続く＝「観応の擾乱」

◆尊氏、死す　◆『今は忘れにけり』

系図

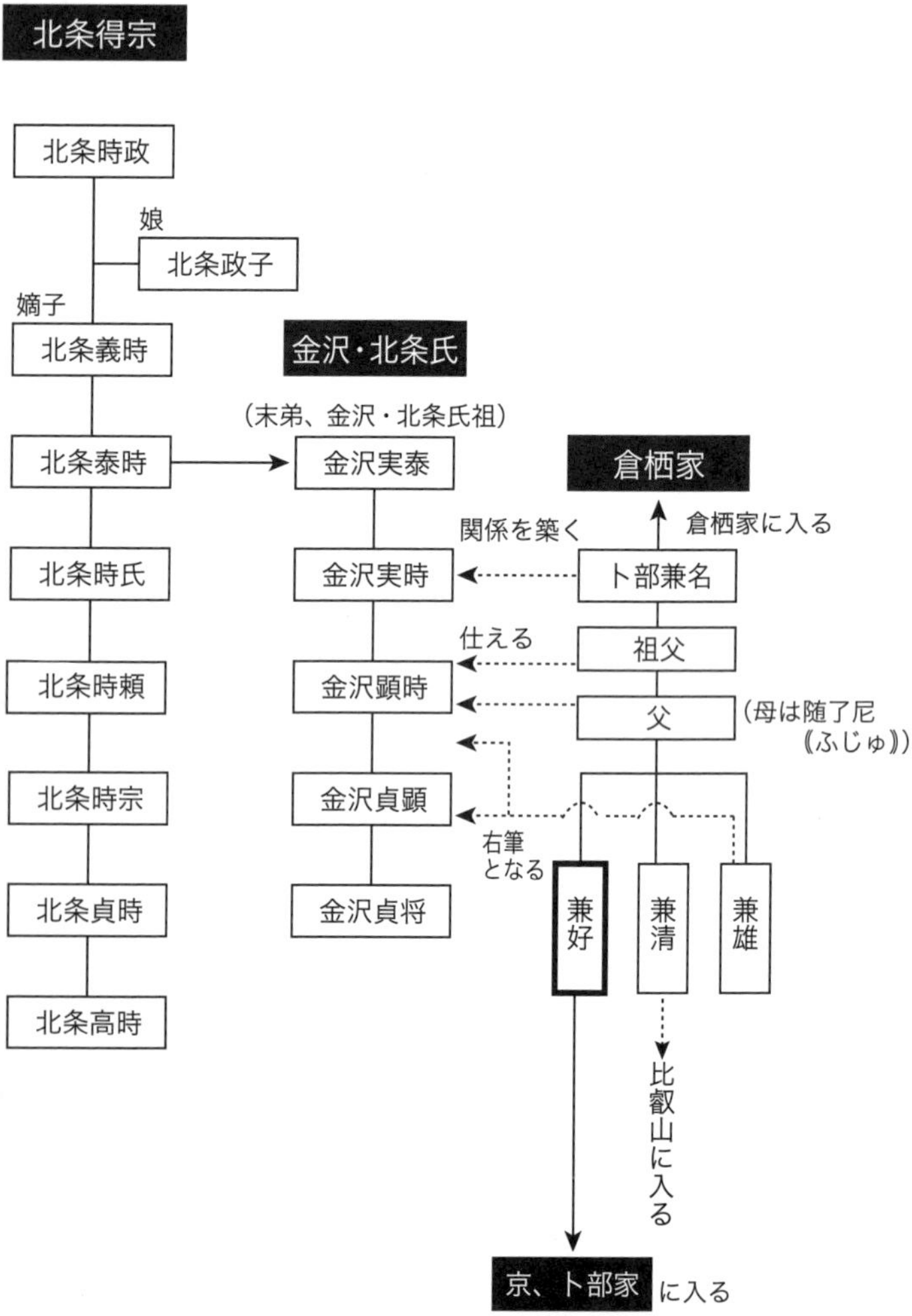
北条得宗
北条時政
娘
北条政子
嫡子
北条義時
北条泰時
北条時氏
北条時頼
北条時宗
北条貞時
北条高時
金沢・北条氏
（末弟、金沢・北条氏祖）
金沢実泰
金沢実時
金沢顕時
金沢貞顕
金沢貞将
倉栖家
倉栖家に入る
関係を築く
卜部兼名
仕える
祖父
父
（母は随了尼《ふじゅ》）
右筆
となる
兼好
兼清
兼雄
比叡山に入る
京、卜部家
に入る

相関図

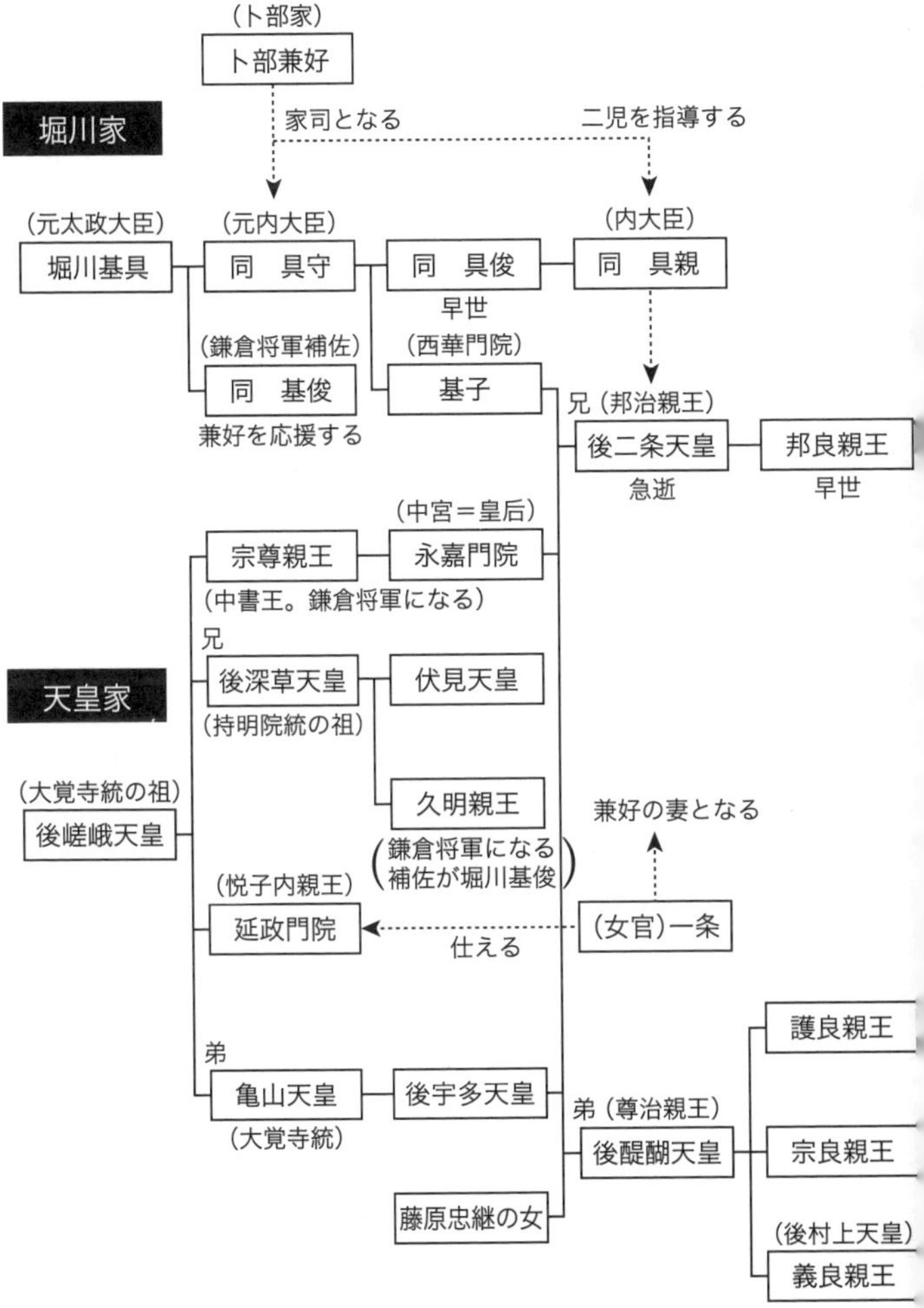

(卜部家)
卜部兼好
家司となる
二児を指導する
堀川家
(元太政大臣)
堀川基具
(元内大臣)
同　具守
同　具俊
早世
(内大臣)
同　具親
(鎌倉将軍補佐)
同　基俊
兼好を応援する
(西華門院)
基子
兄(邦治親王)
後二条天皇
急逝
邦良親王
早世
(中宮＝皇后)
宗尊親王
永嘉門院
(中書王。鎌倉将軍になる)
兄
後深草天皇
伏見天皇
天皇家
(持明院統の祖)
(大覚寺統の祖)
後嵯峨天皇
久明親王
兼好の妻となる
(鎌倉将軍になる
補佐が堀川基俊)
(悦子内親王)
延政門院
(女官)一条
仕える
弟
亀山天皇
後宇多天皇
(大覚寺統)
護良親王
弟(尊治親王)
後醍醐天皇
宗良親王
藤原忠継の女
(後村上天皇)
義良親王

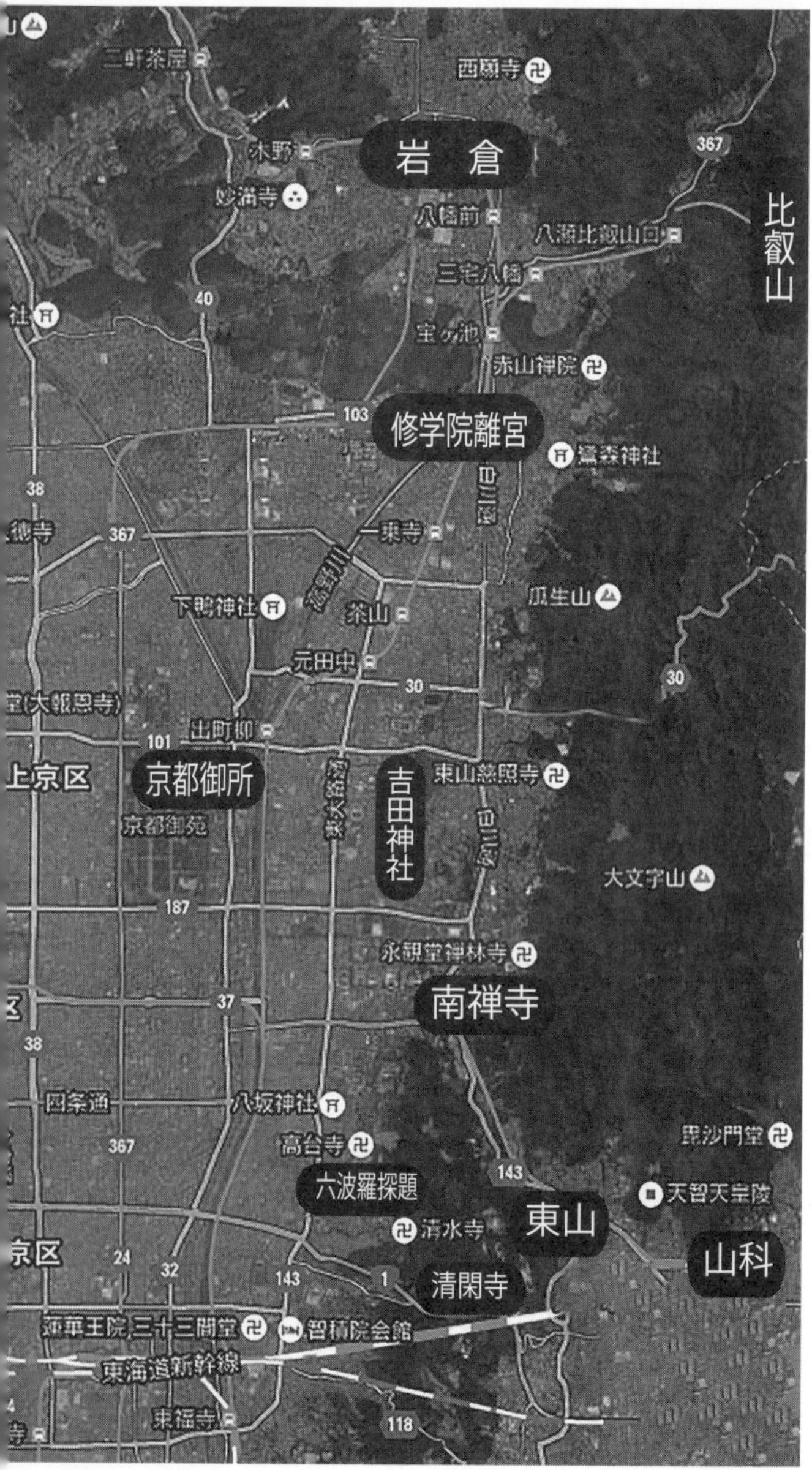
岩　倉
比叡山
修学院離宮
京都御所
吉田神社
南禅寺
六波羅探題
東山
山科
清閑寺
三軒茶屋
西願寺
木野
妙満寺
八幡前
八瀬比叡山口
三宅八幡
宝ヶ池
赤山禅院
鷺森神社
一乗寺
瓜生山
下鴨神社
茶山
元田中
出町柳
上京区
京都御苑
東山慈照寺
大文字山
永観堂禅林寺
八坂神社
四条通
高台寺
毘沙門堂
天智天皇陵
清水寺
蓮華王院 三十三間堂
智積院会館
東海道新幹線
東福寺

兼好の行動を把握するために作成した地図です。現在の正確な位置を示し
はありません。

はじめに

・「吉田兼好《よしだけんこう》」（正しくは「卜部兼好《うらべのかねよし》」）が一体どのような人物であったのか
・『徒然草』はそもそも何について書かれた書物であったのかについて、実は現在のところ定説はない。

本書では、「歌人」＝「卜部（→吉田）兼好」（一二八三年頃—一三五二年頃）の人生をたどるため、鎌倉時代史、南北朝時代史、金沢・北条氏の歴史を確認したうえで、『兼好法師家集』、『徒然草』の中に彼の足跡を探し求めた。

その結果、兼好の人生を、

「序章　兼好が生まれる前の時代」（これは、兼好が生まれる前の時代の状況を総括したものです）
「第一章　兼好が生まれた時代」
「第二章　関東に下向した頃」
「第三章　歌人としての時代」の四期に分けて、ゆっくりと眺めていくことができた。

本書では兼好の歌と『徒然草』から作中人物の登場場面を推定し、人物に会話をさせている。また時代の流れをわかりやすくするため、文章の途中であっても年号は文頭にくるよう統一している。私独自の試みであり、理解していただく一助となれば幸甚である。

最後に本作業を進めるに当たっては、後記「参考文献」に挙げた、まさに「我が国の歴史遺産」ともいうべき、多くの著作、業績を参照し、多くのご教示、示唆をいただいた。多くの著者の皆様に深甚の感謝を申し上げます。

序章　兼好が生まれる前の時代

兼好の人生を見ていく上で必要になると思うので、兼好が生まれる前の時代、即ち平安末期から鎌倉前期までの時代相を簡単に説明する。

（お急ぎの方はここを飛ばして直接、第一章に進んでもかまいません）

◆坂東の大地

一〇世紀前後の坂東八カ国とは（京都の方角から見て、時計回りに）、相模、武蔵、上野、下野、常陸、下総、上総、安房の八カ国を言う。

◆辺境の原野＝坂東の大地

当時の坂東の大地の様子について、東北大学の入間田宣夫《いるまだのぶお》教授は説明する。
『坂東の野には、荒涼とした未開の景観が横たわっていた。広大な常総の台地の上には森林が生い茂り、常陸（利根）・鬼怒《きぬ》・小貝《こかい》・桜《さくら》などの河川が乱流する谷筋のあたりには無数の沼沢がみえていた。
その沼沢の低地には古くからの水田が開かれていたが、人々の生活を支えるほどの規模ではなかった。台地の森を切り開いて作られた畑地の作物の方が大事であった。人々が住まいする小さな集落も、その多くは台地の縁辺に位置していた』
『辺境の原野には、――「蹴馬《しゅうば》の党」と呼ばれた、騎馬の武装集団がいて、東山《とうさん》・東海《とうかい》の交通路に出没して、調（布地）・庸などの産物を運ぶ馬を奪った。――』（『日本の歴史・七武士の世に』）

◆征夷大将軍とは

このような辺境に跋扈する反政府・武装集団を駆逐するため現地に赴き、律令国家の統治組織＝律令制度を回復させることが、京都の朝廷から派遣された「辺境派遣軍司令官」＝「征夷大将軍」＝「武門の棟梁」の役割であった。

最初の征夷大将軍は、七九七年（延暦一六年）に任命された坂上田村麻呂《さかのうえのたむらまろ》にさかのぼる。

◆律令国家＝制度とは

律令国家とは、中央の朝廷が地方各国に都市である国府を作り、役所である国庁（国司の館）に国司を置き、そこで租庸調などの税の収受、検田、警察、などの国務を行う制度である。国司（受領）には、主に四位・五位の中央の中級貴族が任命され、これらの事務を各郡の郡司、国司の御館人や在郷の兵（国侍）が司る仕組になっていた。

◆荘園の発展

各地で田畑が開発され、これが私有地として広がるようになると、それらは単位毎に、「一保」などと呼ばれ、古代にしかれた「郡」や「郷」という区画を浸食し、あるいは並び立つようになってきた。これらはいわば、「中世の郡」ともいうべき存在に成長し、一大経済単位に変貌していくが、国府からの干渉を避けるため次第に中央の大貴族や社寺の保護を求めて、それらの荘園として寄進する動きが現れてくる。国府が支配する村落地域が「国衙領」（公領）であり、それ以外が「荘園」であった。

◆荘園の庄司、地頭たち

この荘園で武装した現地管理人は、庄司《しょうじ》、下司《げし》、地頭《じとう》などと呼ばれ、現地を実効的に支配していた。

◆侍が生まれる

中央の有力貴族の邸宅の一部に設けられた「宿直所」（とのいどころ→さむらいところ）に詰める警護の兵は、「侍《さむらい》」と呼ばれていた。

◆中央と地方の密接なつながり＝荘園の寄進

一一世紀頃になると、律令制度のもとで各荘園の所有者は国司や郡司の干渉から逃れるため、荘園を中央の摂関家・有力寺社、さらには天皇家に寄進し、その結果、不入《ふにゅう》の特権を得てその独立性を確保しようとする傾向が浸透してきた。

この結果、中央と地方（遠国）の間には、中央からは荘園の監督者、管理人として派遣される人々、地方へ出かけていく商人、地方からは荘園領主の下に送られていく荘園からの物産という、人と物のネットワークが成立してきた。

このネットワークは時代とともに大きくなり、中国から輸入された銭貨が次第に内外に普及するとともに移動する物産の量はふえ、国家的な規模の交易圏が成立してきた。

◆伊豆の国・北条の村

伊豆の国の狩野川の中州にある北条の村の外れあたりでは、あちこちに点在する村落群と、条里制にもとづいて碁盤の目のように区切られた、収穫も間近い稲田が広がる静かな田園風景が広がるばかりである。

◆兵の家＝武士の館

兵の家の様子については、東京大学の石井進教授に説明をお願いしよう。

『――国府へとつながっていく道路に面して、武士の館《やかた》が建てられている。――周囲は、空堀か、水をたたえた堀に囲まれ、だいたい正方形に近い敷地である。その一辺は、ほぼ一五〇メートルから二〇〇メートルくらい、内部には高さ一、二メートルの土手が築かれ、垣根がめぐらされている。

――門の上には物見櫓ができていて、さながら周囲を威圧するかのようである。門の前には、かやぶきで床もない、いかにも貧しげな長屋がみえている。これは、屋敷に仕える下人《げにん》たちの住居のようだ。その前には、水田が広がっている。——

おそるおそる門をくぐると、門内にもまた、かやぶきの下人たちの住居が並び、犬が吠え、厩では馬がいないないている。——

館の中央には、主人のすむ母屋が建っている。ちゃんとした板敷きの床があり、主人の座るところにだけは畳が敷かれている。——母屋から南へとつきだした、細長い家の一部を遠侍《とおざむらい》などと言っており、ここには家人《けにん》・郎党《ろうどう》などと呼ばれる従者たちが詰めている。——武士の館のなかには大きな倉庫も建てられていて、農民たちから徴収された年貢、米、麦、大豆、小豆などがここにしまい込まれている。——

館の置かれている開けた川べりから山方向に上っていくと、やがて水の流れは細かく別れ、台地や丘のあいだに食い込んでいく。こうした谷のあたりには、一つずつ、かやぶきで床はなく、土壁に入り口だけついた、貧しげな家々が散らばっている。——これが、農民たちの家である。——

そこでは床のある部分はきわめて狭く、大部分は土間で、農民たちは、布団などはなく、わらの中で寝ていた。——彼らは家の周囲の田畑を耕作し、その収穫物の中から館の主人に年貢を差し出している。

このような農民たちの家々に混じって、要所要所には農民たちの家より多少は立派な家があり、――これは、主人の館の家人・郎党と呼ばれる従者たちの家である。彼らもまた、家の周りの田畑を耕す農民であった』(『日本の歴史・七鎌倉幕府』)

◆下総の倉栖家

こうした武士の館の姿、それは、本作の主人公である「卜部兼好《うらべのかねよし》」の曾祖父である「卜部《うらべの》兼名《かねな》」が、関東《あずま》に下った頃の下総の倉栖家の姿に重なるものである。

◆関東への東海道が整備された

関東平野の中心部に広がる大低湿地帯に開拓の歩が進められるようになった奈良時代の末頃から、都と関東を結ぶ「東海道」は、下向する場合には、都を出発し↓足柄峠↓相模の国府↓相模原の台地を横切り↓武蔵国の国府(府中)↓草深い武蔵野を東へ向かい↓隅田川を渡河して→下総・上総に到達するという、直線的なものになっていった。関東《あずま》がより近くなったのである。

◆西国から人々が流入する

当時の地方社会には、かつて都から下ってきた国司やその一族が地方豪族の娘をめとった末、そのまま土着した家だとか、あるいは娘の腹に生まれた子だけが地方に居残って新たな家を興すといった例がけっして珍しくない。

そして地方豪族の側から見れば、これによって古い在地の血統の中に中央の有力者・貴族の血が流れ込み、その支配力が強化・更新されることになるのであった。

◆卜部兼名、関東に定着する

当時、ほとんどの関東武士たちは無筆《むひっ》・文盲に近く、在地の武士の家では西国出身の学問のある下級貴族、僧侶、武士などを寄食させ、子弟に教授させることが行われていた。

このような時代、京都の卜部家に生まれ、関東に神職として下ってきた卜部兼名が学問のできる西国知識人として迎えられ、様々な経緯を経て、下総の武士の家である倉栖家に迎えられたことを推測することは充分に可能である。

◆荘園の寄進が進む

荘園寄進の動きは拡大し、平泉・藤原氏の勢力が強く根を張っている奥州を除いて、当時の耕地の約半数に及んだといわれている。寄進先は京都の摂関家、有力貴族、同社寺、天皇家、上皇の院寺社などである。

白河上皇が始めた院政は四三年間（一〇八六—一一二九年）、次の鳥羽上皇は二七年間（一一二九—一一五六年）の長きに亘り、上皇が幼い天皇を背景において、「治天の君」として政務を見るものであった。院政が常態になってくると、上皇の周辺には多くの荘園が寄進されることになった。

◆保元の合戦＝後白河上皇、実権を握る

一一五六年（保元元年）鳥羽上皇の死去によって、京都の政界は分裂し混乱した。鳥羽上皇の死後、天皇家では、鳥羽上皇の子である兄・崇徳上皇と、弟で上皇の後を継いだ後白河天皇が対立し、摂関家では、内覧（＝摂政）である藤原忠実の子の、関白・忠通（兄）が天皇方に付き、忠実自身と左大臣・藤原頼長（弟）が上皇方に付いた。

武門の側も分裂し、源氏では、源為義・子の為朝（弟）の父子が上皇方に、源義朝（兄＝源氏の棟梁）が天皇方に、平氏では、平忠正が上皇方に、平忠正の甥の清盛らが天皇方に付いた。

七月両者は上皇側の白川殿において激突したが、天皇方の平清盛、源義朝らの働きによって上皇側は敗北した。藤原頼長は敗死し、崇徳上皇は讃岐国に流罪となった。

◆「武者の世」＝侍《さむらい》の時代がはじまる

この合戦の結果は、これまで公家の傭兵でしかなかった侍《さむらい》がその武力によって、天皇・法皇、摂関家の運命を左右する存在になったことを世に示すことになった。

この風景を、比叡山の座主・慈円（一一五五―一二二五年。父は関白・藤原忠通）は『愚管抄』の中で、「武者の世になった」と書いている。

◆後白河上皇

この動乱の中を巧みに泳いだ後白河上皇（天皇↓上皇）は、鳥羽上皇の第四皇子として生まれた（一一二七―一一九二年）。父・鳥羽上皇からは「天皇の器にあらず」といわれ、天皇に即位することははじめから期待されておらず、東宮（皇太子）にも就けなかった後白河は、遊興の世界に居所を求めた。

一一五五年（久寿二年）の天皇即位時は「中継ぎの天皇」に過ぎなかったため、帝王学を学ぶ機会はなく、周囲に遊女・白拍子を集め、日々当時民衆の間で一番の遊興であった「今様」に熱中し、歌集である『梁塵秘抄』まで編纂させてしまった。

「今様」は、七五、七五、七五、七五で歌われる、当時の流行歌（歌謡）である（後出）。

◆後白河は朝から、今様を遊う

白拍子が「お上《かみ》、きょうも、一、二曲、歌ってみましょう」と、『梁塵秘抄』のなかの、野辺《のべ》の女が近くの岩屋の修行僧を誘惑して詠う場面を歌い始めた。

『春の焼け野に菜を摘めば、岩屋に聖《ひじり》こそおはすなれ。
ただ一人、野辺にてたびたび逢ふよりは、な、いざたまへ、聖こそ、
あやしの様《よう》なりとも、わらはらの芝の庵《いおり》へ』

上皇「そうだな。やはり、野辺より家の中の方が好都合というものだろう。そこは、この修行僧だって心得たもので、

『美女《びんじょう》打ち見れば、ひともと葛《かづら》とも、なりなばや、とぞ思う（抱き合って一本のかずらの木のようになりたいものだ）。

本より末まで縒《よ》られればや（頭のてっぺんから足の先まで、一つにからみついて、縒られてしまいたいものだ）。

切るとも、きざむとも、離れがたきは、わが宿世（たとえ切られようと、離されようと、前世からの宿命なのさ）』なんて返して、な。思うところはただ一つ、というわけだな。ははは」

後白河の右手はいつの間にか傍らの白拍子の袖の中から胸のあたりをまさぐっていた。

白拍子「おかみはいつも、お手が速くって。ほほほ」

◆後白河上皇の辣腕

一一五六年の保元の合戦後、後白河上皇は崇徳上皇の後を継ぎ実権を握り、院政の期間は、三四年（一一五八－一一九二年）に及んだ。

さらに、敗れた藤原頼長の所領（荘園）を自己の御院領に編入し、膨大な「後白河上皇領」（↓のちの長講堂領）を形成するなど、巧みな動きを見せ、政治的には平氏、義仲、頼朝などを使い分けるなど、非凡な手腕をみせた。また、この合戦の勝利によって勢力を拡大した清盛は、義朝を圧倒した。

◆平治の合戦＝清盛の勝利

このように、後白河上皇の地位は安定したが、この後上皇の足下で、寵臣の藤原通憲＝信西《しんぜい》入道と、源義朝を味方に付けた藤原信頼が対立した。

この間、後白河は、近臣・藤原信頼や摂政・藤原（近衛）基通らと男色にふけり、乳父であり政治の実権を握る信西（一一〇六―一一五九年）からは、「和漢の間に比類なきの暗主なり」という酷評を受けていた。

一一五九年（平治元年）一二月藤原信頼はクーデターを起こし、信西の首を切り、クーデターは成功するかに見えたが、源義朝のライバルで、熊野詣に出ていた平清盛が京都・六波羅に引き返し、信頼の首を切り、義朝は東国に逃げる途中尾張国で討たれた。

この後、義朝の三男・頼朝（一三歳）は、清盛の義母・池禅尼の命乞いがあり、伊豆の国に流されることになった。

◆後白河上皇の生活

後白河は院の御所を（法住寺の跡に建てた）法住寺殿に置いて、清盛と押したり引いたりの駆け引きを行ないながら政務を執った。法住寺殿には後白河の今様の師である、元遊女の乙前を住まわせていた。

また、熊野本宮の阿弥陀如来に参拝し往生の証を求めるという、熊野詣に熱中し、生涯で三四回も参詣した。これは、多くの貴族、女院を伴わせるもので、その間の娯楽のため遊女、白拍子らも参加させるという賑やかなもので、京都からの往還には、約一ヶ月かかる大行事であった。

◆平家の全盛時代

平清盛（一一一八―一一八一年）の父は、平忠正の弟、忠盛である。彼は平治合戦の勲功によって昇殿を許される正三位をあたえられ、武家として始めて公卿に列した。

ここから、平家一門の全盛時代が始まる。

一一六七年（仁安二年）清盛は、従一位・太政大臣となった。五〇歳。

平家が受領（国司）となる諸国は、全国六六カ国の内、三〇余カ国に及んだ。また、平家一門の住居は六波羅に集中し、清盛の泉殿《いずみどの》をはじめとして、平家一門の邸宅が整然と建ち並び、これが後の武家屋敷の基本になった。

長子・重盛は、諸国守護の権限をあたえられ、清盛の妻（時子）の妹は後白河法皇の後宮に入り高倉天皇を生み、清盛の娘（徳子）は高倉天皇の后となり安徳天皇を生んだ。

同じく、清盛の娘（盛子）は関白・藤原基実の妻になるなど、清盛の実権は、天皇家、摂関家にまで及ぶことになり、まさに『此の一門にあらざらむ人は、皆、人非人なるべし』（『平家物語』）の様相を呈することになった。

他方で、除け者にされた後白河上皇の怒りを買うことになった。

一一七九年（治承三年）上皇の周辺の清盛への謀反の動きが発覚し、上皇は清盛によって鳥羽殿に幽閉されてしまった。京都の内外で、反平家の動きが始まった。

◆京都では、天変・地変相次ぐ

この頃の京都では、鴨長明（一一五五？―一二一六年）が『方丈記』で嘆いているように、天変・地変が相次いで起こった。

その様子を同時代人の長明は次のように記している（佐藤春夫訳）。

一一七七年（安元三年）四月の大火について、

『風が激しく吹いて、騒がしかった晩、午後八時ごろ、都の東南から火があがって西北に至った。ついには朱雀門、大極殿、大学寮、民部省などにまで延焼して、一夜のうちに灰燼にしてしまった。火元は樋口富の小路であったとか。病人をとめておく仮小屋からの出火であったとのことであった。火は気まぐれに吹く風のまにまにあちこちと移動していくうちに、扇を広げたように末広がりになった。――

こんな最中に人間は正気でいられようか。煙にむせてうち倒れるものもあり、焔に巻かれてその場に死ぬ者もあった。――（家々の類焼は）総体としては市中の三分の一に達したという。男女の死者数千人、牛馬の類いは際限もわからない。――』という有り様であった。

一一八〇年（治承四年）の竜巻については、

『中御門京極の付近から大旋風が起こって六条辺まで吹いたことがあった。三四町を吹きまくるその範囲内にあった家々は、大小を問わず一つとして破壊されないものはなかった。そのままでぴしゃんこ（＝原文のまま）につぶれたのもあったし、桁や柱だけ残っているのもあった。門を吹き飛ばして四五町の遠方へ据えたり、また垣を吹き払ってしまって隣家と合同させてしまったのもあった。

まして屋内の資材はある限り空に舞い上がり、屋上の檜皮《ひわだ》や葺板の類いは、さながら冬の木の葉の風に乱れるのに似て、塵を煙のように吹き上げたのでいっこう目も見えず、また甚しく鳴り騒ぐ物音に言葉も聞き取れない。話に聞く地獄の業風だって、こうはもの凄くあるまいと感じられた。――旋風はいつでも吹くものではあるが、こんな前例があったろうか。どうしても唯ごとではない。――』と。

一一八一―一一八二年（養和一―二年）の大飢饉については、

『また養和のころであったろうか、古いことになって明確でないが、二年つづきの飢饉があって、情けないことがあった。春夏に旱魃《かんばつ》したり、秋になって大風や洪水などのいやなことがうちつづき、五穀はことごとく実らなかった。――そのために、国々の民は土地を見捨てて国外に流れたり、家庭を去って山野に住むに至ったものなどがある。朝廷ではさまざまのご祈祷やら、特別の修法《ずほう》などを挙行されたがいっこうにその効験も現れなかった。

都会の常例として万端につけてその原料はこれを地方の供給に仰いでいるのに、地方からくる物資は絶無だから、さすがの都会人も――思案に暮れたはては、雑多な資材を片っ端から捨てるように投げ売りするが、――多量の資材を投じて僅少な穀類を得るにしか過ぎない。こうして乞食が路上に多くなり、悲嘆の声が耳に満ちた。

前年はこのようにしてどうやら暮れた。来年になったら回復するだろうかと思っていると、それどころか、おまけに流行病まで加わって、災害は前年にまさるほどで回復のけぶりなどはいっこうにない。――

仁和寺の隆暁法師という人がこんなふうに無数の人が死ぬのを悲しんで、その頭を見るたびに額に阿の字を書きつけて仏縁を結ばせることをしたものであった。その人数を知ろうと思って、四月五月と二ヶ月算えたところが、――京の市中で――路傍にあった頭が総数四万二千三百の余りであったとのことである。

ましてその両月の前後の死者も多く、またその地域以外の河原、白河、西ノ京、その他市外の片田舎まで加えたら際限もあるまい。――』と。

まさに地獄絵ともいうべきで、目も当てられない惨状であろう。

一一八五年（元暦二年）の大地震については、

『――大地震の揺すったことがあった。その状況は異常なもので、山は崩れ、河は埋もれ、海は傾斜して陸地に覆いかぶさった（↓津波のことであろう）。土は口を開けて、水を吹き出し（↓液状化現象であろう）、巨岩は分裂して、谷に転び入り、波打ち際を漕ぎ行く船は波に翻弄され、道路に歩行する馬は足の踏み場に当惑した。

まして建築物の多い京都の近郊は在所在所にある堂舎、塔廟など一つとして満足な形のものはなく、崩壊したり、破れ倒れたり、そのために塵や灰などが立ち上ってまるで煙のよう、地の鳴動、家の破壊される音、雷鳴同様で、屋内におればいまにもつぶれそうだし、さて戸外に走り出てみれば足下の地面が割れ裂けてくる。――こんなにひどく揺することは暫時でやんだけれど、その余震は当分絶えなかった。――』と。

当時の人々にとってはまさに、「天地がひっくり返ってくる」という心持ちであっただろう。

このような、大異変が相次ぐなかで、今度は源平の内乱が起きたことを承知しておく必要がある。

◆源平の内乱、始まる

ここから時代は大きく動き出す。即ち、「源平の内乱（治承・寿永の内乱）」の幕開けである。

一一八〇年（治承四年）頃、坂東より畿内に近い伊豆の国の北条の館には、伊豆に配流の身であった源頼朝（一一四七―一一九九年）がいた。頼朝は、比較的短身、小太りで頭の大きい人物で、時に三四歳。

土豪・北条四郎時政の娘婿として、舅・時政、妻・政子（時に二四歳）、側近・安達盛長（乳母・比企尼の娘の夫）らと、伊豆の北条の館で平穏な毎日を過ごしていた。

そもそも「源氏」とは、皇族が臣下に下るとき朝廷から賜る氏である。従って源氏とは、皇族（出身）ということを意味している。

◆頼朝、「鎌倉殿」になる

この一一八〇年（治承四年）四月頼朝に、後白河上皇の二男である以仁王から源頼政が起草した「平家追討」の令旨が届いた。

六月清盛は福原への遷都を強行した。

先の『方丈記』（佐藤春夫訳）は次のようにいう。

『突然に遷都があった。じつに意想外の事件であった。そもそもこの京の起源を聞くところによると、嵯峨天皇の御時、都を選定あそばして以来すでに四百年余りを経過している。なみなみならぬ理由がなくては容易に変更すべきはずもないのだから、この事件を世人が不安とし、たがいに憂慮し合った状態はじつにもっとも千万なわけである。

しかし論議のほかであるから、ぜひもなく天子をはじめたてまつり、大臣公卿たちもみなことごとくお引っ越しあそばされた。――軒を競って櫛比《しっぴ》していた都の住邸《やしき》は日ごとに荒廃に帰した。――このごろ、偶然に事のついでがあって、摂津の国の新都・福原へ行った。その有り様を見ると、土地は狭くて、街区を縦横に割るに足らない。北は山脈に沿って高く、南は海に迫って低くなっていた。――』と。新都・福原はこのように、都には不向きの土地であった。

八月「時は、今」。頼朝は挙兵して伊豆の国を出発し、関東を平定し、相模・鎌倉に入った。鎌倉は源氏将軍・源頼義（九八八―一〇七五年）以来、源氏の東国における拠点で、頼義は相模・武蔵両国の国司も勤め、その間坂東武士とのネットワークも作り上げていたので、頼朝の挙兵が関東の武士団に伝わると、彼らは続々と頼朝の元に馳せ参じたのである。

九月、頼朝の従弟である木曽義仲も挙兵した。これらを手始めに、世上の流れは一気に反・平家に向かうことになった。

一二月には、頼朝は鎌倉・大倉郷に、自己の屋敷（「鎌倉殿」→これがのちの「大倉幕府」である）を完成させ、ここに、後に「御家人」と呼ばれるようになる関東の武士団を集結させた。「鎌倉殿」の誕生である。

これ以降、鎌倉の村のそここに武士たちの真新しい屋敷が作られるようになった。

個々に孤立していた、宇都宮、足利、小山、千葉、比企、三浦、和田、畠山、安達、伊東、宇佐美といった有力な武士団を御家人組織にまとめ上げ、のち幕府を確立した指導者として、「鎌倉殿・頼朝」の果たした役割はまことに大きく、偉大である。

◆頼朝、西国も支配する

一一八一年(治承五年)二月清盛、死す。指導者を失った平家は、滅亡に向かって転がり出す。
一一八三年(寿永二年)、頼朝は上皇から、東山・東海・北陸という東国一帯の支配権を認められ、
一一八四年(寿永三年)に至り、「朝日将軍」・木曽義仲を退け、京畿を占領し、
一一八五年(文治元年)三月義経に追われた平家は壇ノ浦に沈んだ。約二〇年の短い天下であった。

その後頼朝は後白河上皇に唆され、反・頼朝に動く弟・義経を追放し、西国の支配権も握った。

これらの実績を背景に頼朝は、鎌倉殿の正使・北条時政を京都に送り、後白河上皇と交渉させ、後の守護・地頭制度の下敷きになる、
①国地頭（近国惣追捕使の制度の復活）↓守護の設置、
②謀反人所領への地頭の設置、を承認させた。

◆頼朝と九条兼実の時代

京都の政治の中枢では、天台座主・慈円の兄に当たる九条兼実（一一四九―一二〇七年。父は忠通）が、頼朝の後援を得て、
一一八六年（文治二年）摂政となり、鎌倉との連携にあたった。

◆頼朝、奥州合戦に勝利

一一八九年（文治五年）の頼朝の平泉攻略は、坂東武士団と奥州武士団との最終決戦であった。この戦で頼朝は全国に動員令を発し、九州の島津氏も参加させている。

この奥州合戦の勝利によって、奥州武士団の中核である平泉・藤原氏は滅亡し、鎌倉の幕府は列島における最初の本格的な武人政権の実質を備えるに至った。

◆頼朝、上洛の軍事パレード

一一九〇年（建久元年）一〇月、後白河上皇と会談するため、頼朝は「鎌倉殿」として精兵一千余騎を引きつれて鎌倉を出発した。これに途中から続々と地方御家人が加わり、堂々たる威容を示しながら、一一月、晴れの都入りを遂げ、都大路を先陣・畠山重忠を先頭に、頼朝は風折り烏帽子、青の水干袴に矢をたずさえて黒馬にまたがり、三列縦隊で行進する総勢三〇万騎と称する空前の大軍事パレードが行われた。洛中の人々が見物に押しかけ、身動きもならぬ有り様であった。

◆頼朝、右近衛大将となる

その後頼朝は後白河上皇と会見し、「権大納言」・「右近衛大将《うこのえのたいしょう》」に補任されたが、一二月両職を辞退し、鎌倉に帰った。
このときから、「右大将家《うたいしょうけ》」（または、「前《さき》の右大将家」）が、頼朝の公称となった。

◆鎌倉政治、始まる

一一九一年（建久二年）一月開かれた「右大将家」の政所《まんどころ》（＝内閣）では、別当（総理大臣）に大江広元があてられ、問注所（裁判所）執事・三善康信、侍所（全国の守護を統率する）別当・和田義盛、さらに西国の支配のため、京都守護・一条能保、鎮西奉行・天野遠景が任命された。

八月幕府御所が新造となった。

◆頼朝は「征夷大将軍」に任命された

源頼朝の新時代の幕開けから数年後、後白河上皇は、
一一九二年（建久三年）三月院御所である法住寺殿にて六六歳で死去した。大好きな遊興

の世界に遊びながら意のままに政治を動かし、巨富も蓄積するという、まさに思うままの人生であった。

ちょうどこの年、延暦寺座主に就任して宗教界のトップに立った、当代の碩学で歌人の慈円はこれに臨んで、諸々の感慨をこめて、

『鳥辺山煙の下に見つるかな　ひとかたならぬ人の歎きを』と詠んだ。

「日本一の大天狗」(頼朝)の後白河上皇が没すると、同年七月京都から勅使が来て、頼朝は「征夷大将軍」に任命された。

◆大雨のなか、関東武士団は頼朝を護衛する

一一九五年(建久六年)三月東大寺大仏殿の再建供養の当日は、後鳥羽天皇、関白・九条兼実、京の貴顕の人々、諸大寺の高僧らが参集する中、あいにくの大風雨となった。とくに上京した頼朝は長男・頼家を伴い、多勢の武士たちに護衛されて参列し、馬一千頭、米一千石、黄金一千両、上絹一千匹を献上した。

この式典に居合わせた一貴族は、護衛の関東武士たちが戸外で大雨に打たれることなど少しも気にかけるそぶりさえ見せず、ひしひしと頼朝を取り囲んでいた有様を、『雨に濡るるとだに思はぬけしき』と、驚嘆して書き留めている。

このような光景に、見物に来た南都（奈良）・京都の人々は驚愕し、「すでに鎌倉殿の支配が朝廷のそれを凌駕している」ことを再認識したのであった。

◆北条政子、幕府の後ろ盾となる

一一九九年（正治元年）正月、頼朝死去。五三歳であった。

頼朝の後を継いだ頼家が側近・梶原景時・比企能員らと結び独裁に走ったため、頼朝の死を機に出家して尼僧に形を変えていた、妻の北条政子（一一五七―一二二五年）は、宿老の大江広元、三善康信、主要な御家人と謀り、頼家を退け、

一二〇三年（建仁三年）弟の実朝（千幡）を新将軍に立て、御家人の合議で政務を行うことを決めた。その後、政子は御家人から「尼将軍」と呼ばれるようになった。

◆実朝、後鳥羽上皇に私淑する

京の公家文化に傾く実朝は、妻には京都の公家である前大納言・坊門信清の娘（後鳥羽上皇（≒天皇））の妻の妹）を迎え、同上皇と緊密な関係を築き、和歌の修行では後鳥羽上皇に私淑した。

一二〇五年（元久二年）春、後鳥羽上皇が自ら指示し編纂させた『新古今和歌集』が完成すると、実朝は直ちにこれを鎌倉に送らせるなど、両者は師弟ともいうべき関係を結んだ。

彼は、自らの家集である『金槐和歌集』において、

『山はさけ海はあせなむ世なりとも　君にふたごころわがあらめやも』

『ひんがしの国にわがおれば朝日さす　はこやの山の影となりにき』と詠んで、後鳥羽を持ち上げて喜ばせた。

さらに実朝は上皇に、

「(子のいない) 自分の後継者には、後鳥羽上皇の皇子 (頼仁親王) を迎えたい」と申し入れるなど、両者は蜜月時代ともいうべき関係を築いていた。

◆後鳥羽上皇

後鳥羽天皇 (一一八〇—一二三九年) は、義兄の安徳天皇の都落ちの後、祖父・後白河上皇によって帝位についた。まだ四歳であった。後白河の崩御後上皇になり、院政を二三年間 (一一九八—一二二一年) 行った。

同上皇の理想はやはり後白河上皇で、後鳥羽は後白河上皇同様熊野詣に熱を上げ、それは二八回にのぼった。熊野は極楽浄土への入り口で、復活再生の場とされ、湯の峰にある「壺の湯」に入れば、病が癒えるという信仰が広く流布していたのである。

政治では、後白河と同じく朝廷権力の回復を追求し、鎌倉将軍・実朝亡き後の混乱につけ込み、倒幕を企てるが失敗した (承久の乱↓後出)。

◆後鳥羽の私生活

後鳥羽は、後宮生活では後白河上皇よろしく、男も女もなんでもござれ。皇后一人、妃二人、夫人三人、嬪《ひん》（＝夫人に次いで、寝所に侍する女官）の四人、これに女御、更衣も加わり、ほかに、御所に出入りする遊女、舞女、白拍子はその数を知らずという絶倫ぶりであった。

◆『新古今和歌集』を完成させる

後鳥羽は文武にわたる天才であった。武芸も好んだが、和歌の道に進むとこれに熱中し、藤原定家（後出）の指導を受け、めきめきと力を上げた。

一二〇五年(元久二年)春、後鳥羽は、源通具、藤原定家ら五人の選者を集め、『新古今和歌集』を完成させた。これは、和歌の黄金時代の到来を告げるものであった。

巻頭をかざるのは、摂政・九条良経の、

『み吉野は山もかすみて白雪の　ふりにし里に春は来にけり』である。

◆西行

後鳥羽は西行の歌を愛し、「西行はおもしろくて、しかも心もことに深くあはれなる」と、かれの歌を最も多く採用した（九四首）。

西行は、もと藤原・兵衛尉義清《ひょうえのじょうのりきよ》、鳥羽院の北面の武士であった。理由は不明であるが、二三歳の時突然出家し、仏道に入った。

ある意味で西行は、本作の主人公である兼好の先達ともなる人物なので、その出家の折りの歌を引いておこう。

『そらになる心は春のかすみして　よにはあらじとおもひたつかな』

『惜しむとて惜しまれぬべきこの世かは　身を捨ててこそ身をもたすけめ』

『新古今』に採用された、

『心なき身にもあはれは知られけり　鴫《しぎ》立つ沢の秋の夕暮れ』（これは、新古今和歌集の「三夕の歌」の一つとなる）

さらに、

『願わくは花の下にて春死なむ　その如月の望月のころ』

このほかに、『西行物語絵巻』にある、

『吉野山花の散りにし木の下に　とどめし心はわれを待つらむ』も、心に残る名歌である。

◆後鳥羽上皇は詠う

後鳥羽院は、『新古今』において、

『見わたせば山もとかすむ水無瀬川　夕べは秋となに思ひけむ』

『ほのぼのと春こそ空に来にけらし　天の香具山霞たなびく』

のように、おおらかなゆったりした歌を詠んでいる。

◆「和歌の家」＝藤原俊成

藤原俊成・定家父子の作り上げた御子左家《みこひだり》は、「和歌の家」として、成長する。

藤原俊成（一一一四―一二〇四年）の祖先は、藤原道長の子・長家《ながいえ》（道長の長男・頼通の異母弟）で、長家の曾孫が俊成である。和歌の第一人者となり、「和歌の家」を興した俊成は、『千載和歌集』の選者となり、その自信を、

『長らえばまたこのごろやしのばれん　憂しと見し世ぞ今は恋しき』と、詠っている。

◆藤原定家

藤原定家（一一六二―一二四一年）は俊成の二男として生まれ、二五歳から三五歳までの一〇年間、家司として九条家に出仕した。のち、定家は、『新古今和歌集』、『新勅撰和歌集』の選者ともなり、さらに、定家の家督を継いだ為家《ためいえ》は、父と同じようにふたつの勅撰和歌集の撰者となり、「和歌の家」を継承している。

定家はその生活ぶりを、日記『明月記』として残している。

『明月記』はある意味で、「九条家・家司の業務日誌」でもあって、これによって、堀川家の家司であった本編の主人公・卜部兼好の生活もうかがい知ることができるので、以下で適宜、参考にしている。

歌人としてなかなか芽の出なかった頃の定家は、『見わたせば花も紅葉もなかりけり　浦の苫屋の秋の夕暮れ』という、「秋の夕暮れ」の歌（「三夕の歌」の二つめ）で注目されてはいたが、仁和寺宮（守覚法親王）に献じた『春の夜の夢の浮橋《うきはし》とだえして　峰に別るる横雲の空』で、ようやく、世に認められた。

なお、「三夕の歌」の最後は、寂連法師（俊成の甥）の、『さびしさはその色としもなかりけり　まき立つ山の秋の夕暮れ』である。

◆実朝が暗殺される

一二一九年（建保七年）正月実朝は、その「親・後鳥羽上皇」に傾く姿勢を危ぶんだ「尼将軍」・北条政子、北条義時（政子の弟）らによって暗殺された。

◆摂家将軍

次の将軍として鎌倉は、後鳥羽上皇の皇子・頼仁親王の東下案を退け、左大臣・九条道家の息子・三寅（のち、頼経）を迎えることにした（摂家将軍）。時に九歳。先の摂政・九条兼実の曾孫である。

これに対して頼仁親王を鎌倉将軍にするプランを挫かれた上皇は、激しい怒りを抱いた。

◆後鳥羽上皇、倒幕に傾く

さらに後鳥羽は、寵愛する白拍子（遊女）・亀菊《かめぎく》に摂津国長江・倉橋という二つの荘園を与えたところ、これらの地頭が領家である亀菊の命に従わなかったために、上皇は地頭の改易を幕府の執権・北条義時（時政の嫡子で、政子の弟。一一六三―一二二四年）に命じたが、御家人の所領の保護を優先する執権・義時はこれを拒否した。これらによって、いよいよ上皇は倒幕の意志を固めた。

◆承久の乱

一二二一年（承久三年）後鳥羽上皇の挙兵は、将軍・実朝が暗殺されて鎌倉の動揺が収まりきれない不安定の情勢をとらえて、実行に移された。

五月上皇は北条義時追討の宣旨を下し、西国武士団一七〇〇騎が鳥羽離宮に集結し、京都守護を襲った。

◆北条政子が演説する

これを聞いた鎌倉では、尼将軍・北条政子が直ちに自邸に御家人を召集し、

『皆、心を一つにして、奉《うけたまわ》るべし、これが最後のことばなり。故右大将軍《こうだいしょうけ》（＝頼朝）、朝敵を征伐し、関東を草創してより以降《このかた》、官位といい、俸禄といい、その恩はすでに山岳《やま》よりも高く、溟渤《めいぼつ》（＝大海《うみ》）よりも深し、報謝の志、浅からむや。しかるに今、逆臣の讒《そしり》によりて、（後鳥羽上皇は）非議の綸旨を下さる。名を惜しむの族は、早く（河内の武士・藤原）秀康、（三浦義村の弟・三浦）胤義らを討ち取り、

三代の将軍の遺跡を全うすべし。ただし、院中に参らんと欲する者は（上皇の側に参加したい者は）、只今申し切るべし』（『吾妻鏡』）と演説したところ、参集した御家人はみな涙を流し忠誠を誓った。政子は、『直ちに京に駆け上がるべし』と京への進軍を命じた。

◆鎌倉軍、京へ駆ける

六月北条泰時（一一八三―一二四二年。義時の長男）、北条時房（義時の弟）の率いる二〇万騎の大軍は、三日から四日で東海道を駆け上がり、京都に到着すると、猛然と敵陣に殺到した。都大路は鎌倉勢が充満した。藤原秀康・三浦胤義らは逮捕され、また自害した。多くの京方武士は処刑された。

◆後鳥羽上皇は隠岐へ配流される

幕府の承久の合戦後の処理は過酷であった。公家側は再起不能の打撃を被ることになった。

公家・朝廷では、後鳥羽、順徳、土御門の三上皇が配流された。

首謀者・後鳥羽上皇は隠岐に流され、在島約二〇年。ついに都への帰還は許されず、隠岐では、『新古今』の補充・改訂で日を過ごし、隠岐の海を眺め、剛毅な性格そのままに、『我こそは新じま守よ　隠岐の海のあらき浪かぜ心して吹け』と詠み、一二三九年（暦応二年）、六〇歳で崩じた。

他方、一二二〇年（承久二年）に後鳥羽上皇より勅勘を被った定家は、勅勘のとけぬまま（やや皮肉を込めて）、『こぬ人をまつほの浦の夕なぎに　やくや藻塩の身もこがれつつ』と詠んで、京都に帰ってこない、後鳥羽に献じたのである。

◆六波羅探題

承久合戦（一二二一年）は、保元合戦（一一五六年）に始まる戦乱の時代に終止符を打ったが、その結果は「武士の時代の始まり」であった。

平家の旧拠点・六波羅に陣取った北条泰時の鎌倉軍は合戦後も居座り、京都支配の拠点（＝六波羅探題）として、軍事・警察権、裁判権を行使し（「洛中警固」と「西国成敗」）、北条泰時はそのまま、最初の同探題になった。

六波羅探題は、北方・南方の二つに分かれ、その後、その長官には北条氏の身内の有力者が任命された。六波羅には、西国にも所領を持つ有力御家人の私宅も設けられ、ここは京都における幕府の一大拠点となった。

◆関東申次＝九条道家

幕府は六波羅探題設置の後、公家の間に「関東申次《もうしつぎ》」を定め、その意向を朝廷に伝えさせる窓口にして、公家の最有力者をこれに宛てた。最初の申次には、九条家の摂家将軍・頼経の父である、九条道家が宛てられた。

泰時は叔父で連署の時房とともに評定衆をさだめ、合議制で政務を進めた。京都の支配は権力者・前の関白・九条道家と協調して行なったので、久々に平和で安定した時代が実現した。

一二四六年（寛元四年）九条道家が追放された後、西園寺家（実氏）がこの職に補任され、嫡孫・実兼《さねかね》は絶大な影響力を行使した。

◆泰時、執権となる＝執権政治の黄金時代

一二二四年（貞応三年）六月姉・政子ともに、頼朝後の幕府を支えた執権・北条義時が急死すると、長男・泰時は鎌倉に呼び戻され、執権職を襲った。

一二二五年（嘉禄元年）尼将軍・政子が死去した。政子・義時という、姉弟の両英雄亡きあとの、新時代の幕開きである。このあと幕府は、若宮大路に移転（若宮大路幕府）し、政治都市・鎌倉が築かれていく。

一二二六年（嘉禄二年）京都から下った頼経に将軍の宣下があった。

◆貞永式目の制定

泰時は承久の合戦の勝利直後から、全国の守護に、荘園・公領の所在、大きさ、所有者（＝

地頭補任の状況）などを記録した「諸国大田文」（＝土地台帳）の作成を命じ、完成させた。

さらに一二三二年（貞永元年）に、「御成敗式目」（貞永式目・五一ケ条）」を制定し、
①地頭・御家人の所領を巡る争い（相論）に関する裁判の指針、
②守護・地頭の職権の明確化、
③国司・公家の権利の不可侵など、を規定させた。
これらは彼の二大事業ともいうべきもので、頼朝以来の諸懸案に一定の解決方法を定め、社会を安定させたと言うことができる。

◆寛喜の大飢饉

一二三〇年（寛喜二年）以後数年にわたり、夏期に異常な寒冷現象が続き、全国的な凶作が発生し飢饉を招いた。
翌一二三一年も春の異常な暖冬による麦の凶作、秋の西国の旱魃と続いたので、
一二三二年（貞永元年）四月「攘災招福」を願って「貞永《じょうえい》」と改元したが、八月の台風で凶作となるなど、回復は遅れた。

餓死に瀕した人々のなかでは、自身や妻子を売却・質入れする者が続出し、その後その身柄をめぐる紛争が、一二五〇年代に至る迄続発した。

「御成敗式目」はこのような社会・経済の混乱を収めるため、制定・発布されたものである。

一二三九年（延応元年）幕府は、飢饉時の人身売買・質入れを有効とし、平常に復してからのちは禁止する、という現実的な対応を打ち出し、紛争の解決・治安の維持に乗り出した。

◆一所懸命とは

「一所懸命」とは、自己の所領を命がけで守るということであった。

自己の所領の維持・拡大は、鎌倉御家人の最大の関心事であり、そのためには手段を選ばないということは当然のこととされ、所領を巡る争い（相論）は多く、幕府はこれに悩んでいた。「御成敗式目」の大半は、様々な形の土地に関する相論（裁判・訴訟）に対する回答集ともいえるものである。

◆荒々しい、地頭の姿

これまでの平家との戦い、奥州合戦、承久合戦などは全国に亘る戦乱であり、これに勝利した鎌倉側は、敵方に荷担した「謀反人」の所領である国衙・荘園、寺社領、武士領などを続々と接収し、ここに地頭職を置き、功のあった御家人に与えてきた。当然のことながら、所領を奪われる側の抵抗、百姓等の反抗は強く、進駐する御家人側の武力も強烈であった。

地頭は、年貢・兵糧米の確保、治安の維持に当たったが、地頭（または、荘園領主＝領家）が所領を確保したあと、現地には代官などを派遣することも多かった。

彼らが私腹を肥やすことを専らにする非法の悪人だった場合には、百姓から理由なく田畑を取り上げる、百姓を勝手に駆使する、年貢を約束以上に取るといったことから始まり、百姓の住宅に乱入しては、火を付ける、家財・作物を奪う、「妻子を追い込め」ることをはじめ、村人の「耳をそぎ、鼻をそぐ」、といった、凶暴なことにまでおよぶこともあった。

このような場合、百姓は、地頭や領家に直訴したり（強訴）、集団で山野に逃れたりする（逃散）方法で対抗したのである。

相模の、有力寺院だった称名寺《しょうみょうじ》では、百姓が同寺に寄せた『百姓申状』で、猛威を振るう同寺の代官を『ひゃくしょうら、こたえがたき歎きに存じ候』などと告発していた。

◆東海道

鎌倉は、京都と並ぶ政治・経済上の一大中心となり、両者を結ぶ東海道が次第に整備されていった。両都市間は早馬で約三―四日、徒歩で行くと一五日前後の旅程であり、東西の財貨と人間が行き交う大幹線ルートになった。

第一章　兼好が生まれた時代

◆兼好の「卜部家出自説」

『兼好法師家集』・『徒然草』の著者、卜部兼好《うらべのかねよし》の出自については、これまで、
①『尊卑文脈』や『卜部氏系図』をもとに、卜部家はもと伊豆の国から出て代々神祇官として朝廷に仕え、平安中期の兼延《かねのぶ》の代に、一条院（在位九八六―一〇一一年）から御名・懐仁《かねひと》の「懐」に通じる「兼」の字を賜って、代々「兼」を名乗るようになったとしており、これがのち吉田神社（京都市左京区吉田山の下）の宮主《みやじ》家になった、としている。
さらに、兼延から八代目兼茂《かねしげ》のところで嫡男・兼直と続き、次男・兼名《かねな》が卜部本家から

分かれて庶流になったが、兼名の子の治部少輔《じぶのしょう》・兼顕《かねあき》が、太上大臣家・久我一門・堀川家の家司《けいし》を職掌とする諸大夫の家柄となり、長子に天台宗大僧正・慈遍、次子に民部大輔《みんぶのたいふ》・兼雄《かねお》、そして三子となる左兵衛佐《さひょうえのすけ》・兼好《かねよし》らを儲けたとしている。

②成人後の兼好については、風巻景次郎氏の提起した「兼好は堀川家に仕える諸大夫であった」とする説が通説であった。

これらについて、①では近時、この『尊卑文脈』に対して、

・「この時代、庶流が系図に書き込まれることはない」という歴史的慣行がある。

・「兼直の弟の兼名は実在するが、兼顕、兼好と続く系図は、室町後期に、吉田兼倶（一四三五—一五一一年）によって偽作された系図が、『尊卑分脈』に加えられたものである」とする指摘（慶応義塾大学・小川剛生教授）などがあり、通説の①は揺らいでいる。

②の兼好の生前の活動については、『兼好法師家集』、『徒然草』に堀川家の内部に関する実録ともいえる記事・記載が多くみられ、風巻氏が指摘したように「兼好が堀川家に仕えていた」ことは大筋で間違いないようだ。

また、兼好が没してから後約一〇〇年後に生きた、有力な歌人・正徹が書いた『正徹物語』（一四五〇年頃）に、

『兼好は俗にての名なり。久我か徳大寺かの諸大夫にてありしなり。官が滝口にてありければ、内裏の宿直に参りて、常に玉体を拝し奉りけり。後宇多院崩御なりしによりて遁世しけるなり。やさしき発心の因縁なり。随分の歌仙にて、頓阿・慶運・静弁・兼好とて、その頃四天王にてありしなり』

とあり、これも（出家の動機には、異論のあるものの）通説の土台の一つになっている。

結局、問題になるのは、①に関する通説とその批判であるが、これらを総合すると「吉田兼倶は、吉田氏（もと卜部氏）本流の兼茂の次の次の世代（時代）あたりで、本流とは離れたところに卜部氏を名乗る慈遍・兼雄・兼好という三人の兄弟が存在したことを承認している」ことにほかならない。だから、ここでは慈遍・兼雄・兼好兄弟の出自が焦点になってくる。

◆兼好の「関東出自説」

兼好の「関東出自説」は、林瑞栄《はやしみずえ》教授が一九七四年（昭和四九年）に出版した『卜部兼好伝』、一九八三年（昭和五八年）の『兼好発掘』のなかで提起したもので、金沢文庫にある古文書を基に、

「兼好は、金沢・北条家の執事を務める倉栖《くらす》家に生まれたが（兄・兼雄《かねお》は、後年、金沢顕時の右筆）、兼好は、一二八五年（弘安八年）一一月に勃発した霜月騒動から逃れるため（当時二歳か）、京都にある兼名の本家筋に当たる卜部家に猶子（養子）に出され、京で人生を送った」とするもので、『金沢文庫古文書』のいくつかに出てくる、

①「うらべのかねよし」は『徒然草』を書いた卜部兼好のことであり、金沢氏に仕えた倉栖兼雄の弟である。

②兼好は、卜部兼顕の実子ではなく、「倉栖・某」を父として関東で生まれ、のちに卜部兼顕の「猶子」になったのだ、とするものである。

この「金沢文庫」は、金沢家の菩提寺・称名寺に隣接して設置され、金沢（北条）実時《さねとき》、

顕時《あきとき》、貞顕《さだあき》、貞将《さだゆき》の、金沢家四代にわたって蒐集された文書、書籍を所蔵し、一時は全国から学僧らが集まり、「金沢学校」とも呼ばれていた。

林瑞栄教授は、一九〇八年（明治四一年）一月静岡県富士宮市に生まれ、実践女子専門学校（のち実践女子大学）を卒業後、東北帝国大学法文学部に入学し、同大学院に席を置きながら、一九三三年（昭和八年）四月、母校の実践女子専門学校の教授に迎えられている。のち、山形女子短大教授に就任している。

本書では、「兼好のト部家出自説」がすでに否定されている現状を踏まえ、以下で林教授が提起した「兼好関東出自説」を基本に据え、兼好の残した『兼好法師家集』（以下、『兼好家集』）、『徒然草』を参照しながら、兼好の人生を構築していくことにする。

◆卜部兼名、関東に下る

卜部兼名の事績が、『吉田家日次記』という吉田家の家譜の、応永七年（一四〇一年）四

月一日の条に、

『――兼直朝臣舎弟兼名――、兼名者《は》仁治・寛元の比《ころ》関東に奉公し――』と出ている。

一二四〇―一二四六年頃（仁治・寛元のころ）、兼好の曾祖父に当たる卜部兼名は若年の頃、新天地を求めて関東に下向し、神道を弘める仕事に従事した。

このとき、金沢・北条氏の実時（一二二四―一二七六年）や金沢顕時（一二四八―一三〇一年）と交渉を持ち、金沢氏に仕える契機をつかんだ。金沢実時が金沢文庫を開く際にはその仕事にも与ったであろう。

◆下総の国・倉栖の家

この兼名の子孫が、下総の国北部を所領とする武士の家・倉栖氏に入り、倉栖某となり、兼雄、兼清、兼好の三人を生んだ。

倉栖家は兼名以後、北条本家から分家した金沢・北条家に仕え、兄・兼雄は金沢実時の執事になっていた。倉栖家は、兄・倉栖兼雄の女《むすめ》が平氏を名乗っていることから、平氏の家系である。

◆北条氏の独裁、始まる

一二四二年（仁治三年）六月北条泰時、死す。

この年、後嵯峨天皇の践祚をめぐって、討幕派だった順徳院の皇子を推す前の関白九条道家と泰時は対立し、両者間にはすきま風が吹き始めていた。

一二四四年（寛元二年）将軍・九条頼経は長子の頼嗣に譲位したが、京都には帰らず、「大殿」として隠然たる勢力を持っていた。

一二四六年（寛元四年）北条時頼（一二二七―一二六三年。泰時の嫡孫）は一九歳で兄・経時から執権を譲られると、直ちに前将軍・頼経と、その側近で時頼の叔父にあたる名越光時を追放し、評定衆である千葉、後藤、三善らも罷免し、さらに京都の関東申次・九条道家も解任し、西園寺実氏に代えさせた。

一二四七年（宝治元年）宝治合戦によって時頼は三浦氏を亡ぼし、北条得宗（家）の邪魔になる有力御家人の排除を終了した。

一二五二年（建長四年）時頼は将軍・頼嗣を京都に返し、宗尊親王《むねたか》（後嵯峨上皇の第一皇子）を将軍に迎えた（宮将軍）。宗尊将軍のため、若宮大路には新たな御所が作られた。

天皇家から将軍を迎えることは政子以来の執権・北条家の宿望であった。

頼朝以来の有力御家人がいなくなった現在、時頼の独走を止めるものはおらず、時頼は幕府内の「評定衆」を軽視し、私邸に側近達を集め（「寄合」）、政務に当たるようになった。

一二五六年（康元元年）時頼は出家し、別荘・最明寺に退いたが、執権が嫡子・時宗に渡るまでの間、北条（赤橋）長時、北条正村と北条本流（得宗）以外のものが続いたので、その間実権を握り続けた。

◆六浦の金沢・北条氏と称名寺

一二二四年（元仁元年）六浦庄・金沢郷一帯は義時の遺産として、泰時の末弟・実泰に与えられ、ここに金沢・北条氏が成立する。この年、実泰の嫡子・実時が生まれる。

ここで、金沢・北条氏と同・称名寺の来歴を明らかにしておこう。

北条本流（得宗家）は北条時政に始まり、義時―泰時―時氏―時頼―時宗―貞時―高時と続くが、金沢・北条氏は泰時の末弟・実泰に始まり、実時―顕時―貞顕―貞将と続く。金沢貞顕には京都に顕助、貞助という庶子があり、仁和寺・真乗院に入れていた。

一二四七年（寛元五年）金沢実時は鎌倉の屋敷を火災で失い、金沢の地に「金沢別業（別邸）」を建て、ここに移った。

一二四八年（宝治二年）実時の嫡子・顕時が生まれる。

一二六七年（文永四年）鎌倉の極楽寺の開山として、南都（奈良）七寺の一つ西大寺の高僧・忍性が迎えられた。

同年、忍性は下野の薬師寺にいた審海を称名寺・開山として招いた。北条実時は審海から受戒を承け、称名寺を真言律宗に改宗させた。

一二七四年（文永一一年）文永の役。

一二七五年（建治元年）金沢実時、病のため六浦庄の別業に引退し、金沢顕時に家督を譲る。

同年金沢実時の息子・実政（顕時弟）は、異国征伐のため九州に下る（↓鎮西・金沢氏が成立する）。

一二七六年（建治二年）金沢実時、没す。五三歳。

一二七八年（弘安元年）金沢顕時、評定衆に加わる。

同年金沢顕時の嫡子・金沢貞顕、生まれる。この金沢顕時、貞顕は、本作の重要な登場人物である。

一二八一年（弘安四年）弘安の役。

一二八四年（弘安七年）審海、「称名寺条々規式」を定める。

◆元寇、来る

フビライ・ハーン（一二一五―一二九四年）は、モンゴル帝国創始者・チンギス・ハンの末子・ツウルイの第三子である。

一二五九年、兄の後を承けて大汗となったが、モンゴル帝国は分裂し、フビライは金王朝の旧都・大都（北京）を首都とする大帝国を築き、一二七一年、国号を大元とした。

「日本は黄金の国」といった伝説が当時の元国の中で根強く流れていたところに、南宋に入国する日本人商人・留学生らが砂金を持参していたという事実が、その伝説に真実味を加えていたのであろう。祖父・チンギス・ハン以来のアジア征服の夢を継承するフビライは、その征服の矛先を我が日本に向けた。

この頃我が国では、
一二六四年（文永元年）連署に就いた北条時宗は、一二六六年勢力を持ちはじめた宗尊将軍を廃して、その子・維康《これやす》親王を将軍に立てた。
一二六八年（文永五年）一月モンゴルの国書が到来すると、時宗は執権に就き、この問題に対処することになった。時宗はモンゴルの襲来にそなえて、鎮西に所領を持つ東国の御家人に対しても九州に赴くよう動員令を下した。

◆文永・弘安の役

一二七四年（文永一一年）一〇月二〇日元・高麗の連合軍約九〇〇艘・約四万人といわれる大船団が対馬・壱岐両島を蹂躙しながら、博多湾に姿を見せ、上陸した。「てつはう」という火薬玉を投げつけながら攻撃する侵略軍は博多の町を占領し、多くの婦女子、人々を捕虜にしていった。

恐怖に包まれた夜、大風雨が到来し、夜が明けると海上に元船の姿はなかった。原因不明の急撤退劇であった。

文永の役以後、九州全域の御家人は三ヶ月交替で異国警固の番役を命じられ、さらに博多湾を中心とする海岸に石築地の防塁を築くように指示された。

一二八一年（弘安四年）六月ほぼ同規模の元・高麗連合軍（東路軍）が再度、来襲した。元軍の主体は旧南宋軍であった。徹底抗戦する日本軍に侵略軍は攻めあぐみ、七月はじめ、中国・寧波を出発した本隊とも言うべき、旧南宋軍（江南軍）の約三五〇〇艘・約一〇万人も加わり、壱岐・鷹島方面で待機していたが、侵略軍は折から襲来した暴風雨に直撃され、大多数の船団は鷹島沖の海に消えた。まさに、「天佑」、ここに「神の国・日本」の伝説は始まる。

弘安の役にあたっては、全国の荘園・公領に対して年貢米を兵糧として差し出すように指示があり、又、御家人以外の武士たちにも動員令が出された。国を挙げての総動員となった。元寇の侵略の危機はどうにか切り抜けたものの、勝利の物的対価はなにも得られず、国内では国の柱とも言うべき生産側の荘園・公領、幕府を支える御家人らがみな困窮・窮乏して、不満の声を上げた。

◆兼好、生まれる

一二八三年（弘安六年）頃、兼好は、倉栖家に生まれた。

父・倉栖某についてははっきりした記録は残っていない。このころの倉栖家の父について、後年兼好は『徒然草』の中で、八歳の頃の父との思い出を回想している（二四三段。後出）。

兼好が上京する時（八歳から九歳頃）にはすでに死亡していた。

母は、林教授によると、『金沢文庫古文書』において、兼好の出てくる文書に登場する「尼随了《あまずいりょう》」（又は「ふじゅ」）である。母については、母の一周忌にあたり兼好が残した歌がある（後出）。

兼好は三人兄弟で、上に、兼雄《かねお》、兼清《かねきよ》がいた。
兼好は二人の兄同様称名寺に預けられ、読み書き、計算、古典、和歌の指導を受けた。長兄（惣領）・兼雄は、家の祖業である金沢家の執事を継いだ。次兄・兼清はのち兼好とともに上京し、卜部家から比叡山に上がり、栄達し、のち天台宗・大僧正「慈遍」となった。

後年兼好は京都から関東に下向して、生家を訪い、次のように感慨を詠っている。
『ふるさとの浅茅が庭の露の上に床は草葉とやどる月かな』（後出）。

◆安達泰盛が実権を掌握する

一二八四年（弘安七年）四月時宗が急死した。三四歳。後継は子の貞時（一四歳）で、母は安達泰盛の女《むすめ》である。これを補佐するのが安達泰盛で、貞時の外祖父である。

泰盛は御家人の窮乏をみて徳政令を実施するなど、かれらの保護・救済に当たった。得宗家の家臣である御内人《みうちにん》筆頭（＝内管領《うちのかんりょう》）の平頼綱は最初これに協力したが、次第に安達泰盛との対立を見せるようになった。頼綱は、貞時の乳母の夫である。

◆霜月騒動＝平頼綱のクーデター

翌一二八五年（弘安八年）一一月霜月騒動。（兼好、二歳）

平頼綱がクーデターを起こし、安達泰盛ら安達一族を粛正し実権を把握した。鎌倉は大混乱に陥り、執権・貞時も鎌倉から逐電した。

安達泰盛の婿である金沢顕時は上総の埴生庄に蟄居・謹慎を命じられた。執事である倉栖兼雄もこれに随った。混乱は地方にもおよび、全国的な騒動になった。

一二八八年（正応元年）後醍醐天皇が生まれる。（兼好、五歳）

◆堀川基俊、関東に下る

一二八九年（正応二年）（兼好、六歳）鎌倉・新将軍として、後深草上皇の皇子・久明《ひさあきら》親王が、鎌倉に下る。堀川基俊はこれを補佐するため、京より同行した。

◆平禅門の乱＝北条貞時、平頼綱を殺す

一二九三年（正応六年・永仁元年）成長した北条貞時は内管領・平頼綱を殺害する（平禅門の乱）。

埴生庄に流されていた金沢顕時は金沢に帰って来た。執事・倉栖兼雄もこれに随った。このあと、金沢顕時は貞時のもとで、執奏、引付頭人と幕府の要職を担っていく。

平頼綱を排除し自信をつけた貞時は、追放先から帰ってきた金沢顕時や、御家人の宇都宮景綱らを起用して政務を担当した。

当時の幕府の中心課題は引き続き、御家人をはじめとする所領の帰属問題であり、貞時は長期化し頻発する紛争を専決しようとしたが、成功しなかった。

この頃、得宗・北条一門は全国の守護職の半数を占め、これに伴い得宗領も膨大な数となり、この管理にあたる御内人も勢力を増していった。

◆天皇家の分裂＝大覚寺統と持明院統

ここで、天皇家の分裂について触れなければならない。

大覚寺は右京区嵯峨野にある大寺で、嵯峨天皇が造営した山荘に始まるという。鎌倉時代に入ると、嵯峨を愛した後嵯峨院、そして亀山院、後宇多院という三代の天皇が大覚寺を出家後の御所とした。そのことから、この皇統を「大覚寺統」といい、それに対して、後深草院に始まり、伏見院、後伏見院、花園院と続く皇統を、後深草院の院御所が持明院殿にあったことから、「持明院統」と呼ぶのである。

一二七二年（文永九年）、二五年間の長きにわたり、院政を続けた後嵯峨上皇が没した。はっきりした遺詔（遺言）を残さなかったため、後継の「治天の君」の座をめぐって、子の後深草上皇と亀山天皇の兄弟が争ったが、結局、後継は亀山天皇の親政と決まった。皇太子は、亀山の子・世仁《よひと》親王（後の、後宇多天皇）である。

◆両統の分立↓暗闘

一二七四年（文永一一年）後宇多天皇が即位すると、皇統が亀山（大覚寺統）に流れることを恐れた後深草は幕府に働きかけて、子の熙仁《ひろひと》を亀山の養子となして、後宇多の皇太子にすることを認めさせた。幕府はやむを得ず、「両統の迭立」（両統を交代で皇位に就ける）の方向を承認した。

その後、後深草は鎌倉の実力者・内管領の平頼綱に連絡し、後宇多天皇の譲位を働きかけ、その結果、一二八七年熙仁《ひろひと》皇太子が伏見天皇として即位した。

二年後の一二八九年（正応二年）伏見天皇の子・胤仁親王が皇太子となり、さらに伏見の弟の久明《ひさあきら》親王が鎌倉将軍になると、皇統はここに後深草の持明院統に固定したかに見えた。（このとき久明親王の鎌倉下向に際して、後見役として同道したのが、堀川家から起用された、前・検非違使別当の堀川基俊である）

一二九三年（永仁元年）鎌倉で平禅門の乱が起こり、後深草と結ぶ管領・平頼綱が執権・北条貞時によって殺害され、鎌倉の形勢が一転する。

大覚寺統の再興を期す亀山上皇は、関東申次・西園寺実兼《さねかね》に働きかけ、一二九八年（永仁六年）伏見天皇が譲位し、後伏見天皇（↑胤仁親王）が即位した時期をとらえ、後宇多上皇の皇子の邦治親王（↓後二条天皇）を皇太子につけることに成功した。（このとき、伏見天皇の側近で、邦治親王の立太子に反対して幕府の怒りを買い佐渡に流されたのが京極派の有力歌人でもあった京極為兼である）

◆「長講堂領」と「八条院領」

このように両統は、皇位継承をめぐって激しく対立したが、これは表では「天皇家という日本一の大貴族家の惣領に誰がなるか」という問題であるが、裏では「この家族が日本各地に持つ、膨大な数の荘園を誰が継承するか」、という資産継承の問題でもあった。

「天皇家領荘園」は各地に六〇〇から七〇〇ヶ所あったといい、なかでも最大級の荘園群は「長講堂領」と呼ばれ、その数は一八〇ヶ所に及び、これに並ぶものが「八条院領」で、一〇〇数十ヶ所に上ったという。

それらの荘園群は幾多の変遷をへて、「長講堂領」は後白河上皇の皇女である宣陽門院から後深草上皇（持明院統）にあたえられ、「八条院領」は鳥羽上皇が集めたものであり、かれの皇女の八条院に伝えられたあと、幕府に没収されたこともあったが、当時は大覚寺統の荘園になっていた。

このほかに三つめの大荘園群である「室町院領」があったが、これは両統で折半されていた。

◆倉栖兼雄は、兼好らを卜部家に預ける

一二九三年（永仁元年）に入り平禅門の乱の後、世の中が落ち着いた頃（兼好、一〇歳前後）、倉栖家当主・兼雄は、曾祖父の実家に当たる京都・卜部家と交渉を進め、弟の兼清《かねきよ》、兼好《かねよし》の二人を預けたうえで、兼清は比叡山・延暦寺に上がらせ、兼好はそのまま卜部家で養育を受けさせることの了解を得た。

その後兼雄は、倉栖家の主家である金沢家の当主で、幕府の重臣である金沢顕時にこの旨報告した。顕時は了解して、

「私に異議はない。二人とも身を立てるにはちょうど良い年齢《とし》ではないか。学問させるのであれば、京都の方が良いだろう。当家の菩提寺である金沢の称名寺の審海様にも報告せよ。

それから二人を、京から来ておられる将軍補佐の堀川基俊様にご挨拶に行かせよ。私が先に話をしておこう。お喜びになるであろう」

◆将軍補佐＝堀川基俊

堀川家は精華家に属する久我家の一門である。

堀川基俊は、「堀川相国」＝久我家・堀川基具（一二八九年、太政大臣。一二九七年没）の次男で（兄は、当主で嫡男の堀川具守）、
一二八五年二五歳で検非違使・別当となったが、翌年辞し、権中納言となった。
一二八九年鎌倉に下向する新将軍・久明親王《ひさあきらしんのう》を補佐するためこれに随い、関東に長期にわたり住んだ（一三一九年没）。

堀川基俊は日頃の政務を通じて、金沢顕時の右筆をしている兼雄とは面識があった。兼雄らは新将軍を補佐する堀川基俊を訪い、事情を説明し、卜部家に対する力添えを依頼した。

堀川基俊は、挨拶に来た兼雄と二人の弟たちに、
「お前たちのことは金沢顕時から聞いている。二人はこれから上京するのだな。道中、十分に気をつけて旅するように。

ところで倉栖家が京の卜部家と縁続きとは、知らなかった。卜部家は、私の実家である堀

川家の家司を勤める家ではないか。しかも、顕時から聞いたが、顕時の金沢家が京の仁和寺と親しくしているとは、これまた、知らなかった。京と東国《あずま》は、このように様々の縁《えにし》でつながっているのだな。まったく、世の中は狭いものであるな。

兼清《かねきよ》、兼好《かねよし》、お前たちは、金沢の称名寺《しょうみょうじ》で学問をしたという。称名寺は今や東国の学問の中心であるからな。京でもしっかり励むように。どのように成長するか、楽しみというものだ。お前たちのことは、堀川の兄、内大臣を勤める堀川具守様にも伝えておこう。上洛したら直ちに卜部の主人とともに、兄のところにご挨拶に行くように」と伝えた。

兼好と堀川家との縁《えにし》は、このように始まったのである。

◆母は、二人を京に送る

弟二人が京に発つ日の前日の倉栖家では、

兼雄「母上、やはり私が二人を京まで連れて参りましょう」

母「兼雄には金沢家の右筆という、お家の大事なお仕事があるではありませんか。心配ありません。家の信頼できる郎党を一人付けてやればすむことです」

母は、旅支度を調えた二人を気遣い、ゆっくりと伝えた。

「兼清《かねきよ》、兼好《かねよし》、母はお前たちに対して何も心配しておりません。安心して卜部の家の厄介になりなさい。

卜部の家は曾祖父・兼名様のご実家です。四季のご挨拶も欠かしたことはありません。卜部のご主人はこれからお前たちの父になる方です。お前たちのことを首を長くして待っていることでしょう。卜部のご主人のお話をよく聴いて、しっかり勤めなさい。時々手紙を書きなさい。これがお前たちに対する最後の沙汰になります」

兼清、兼好「では母上、行って参ります」

◆東海道を上る

二人は京に向かって出発した。兼好らの旅について記録したものはない。子供二人の心細い旅立ちであったが、倉栖家の馴染みの郎党が同行しており、東海道ではこれといった問題もなく旅を続けた。

山科を通った折り、粟田山の山上から眼下に広がる京都の町並みを眺めて二人は、「おお、これが京の都か」と感嘆の声を上げた。

◆兄・兼清、比叡山に上がる

一二九四年（永仁二年）兼好、一一歳。

兄・兼清は半年ほど卜部の家で過ごした後、比叡山・延暦寺に上り、天台宗の教学に励んだ。兼好は卜部家にて教育を受けた。

◆比叡山・延暦寺

比叡山は、現在の京都市左京区と滋賀県大津市の境、大比叡（八四八メートル）・四明岳《しめがたけ》（八三九メートル）の二峰を中心として、南北に連なる峰々である。老杉が茂る東斜面には、延暦寺の堂塔が点在し、建立以来鎮護国家を標榜してきた天台宗の大寺院である。

当時比叡山は他を圧する威容を誇っており、同山で生涯四度・天台座主となった慈円（六七段の「吉水和尚《よしみづのかしょう》」、二二六段の「慈鎮和尚《じちんかしょう》」は、慈円のことである）は、同山のことを、『世の中に山てふ山は多かれど　山とは比叡の御山《みやま》をぞいふ』と、豪語していた。

◆兄・兼清は、慈遍と名乗る

兼清は入山後、慈遍と名乗り、その抜群の宗務（実務）能力を買われて栄達し、権少僧都となった。弟の兼好とは終始連絡を保った。

◆倉栖兼雄は、金沢家の執事

この頃、長兄・倉栖兼雄は父業である金沢家の執事として、当主・顕時の右筆（秘書）をしていた。

◆三度目の元寇

一二九二年（正応五年）高麗から元の国書が届けられた。三度目の元寇、というわけで幕府は迎え撃つ体制を整えようと、鎮西探題を設立し、九州の軍事・行政の拠点とした。

一二九六年金沢実政（顕時の弟）は、鎮西探題に就任する。

◆「永仁の徳政令」

一二九七年（永仁五年）幕府は、のち「永仁の徳政令」と呼ばれる三カ条の法令を発布した。これは目的を御家人の保護においており、

一、越訴《おっそ》の禁止で、これ以後の幕府の判決について御家人が異議を唱えることを禁止し、

二、①御家人がその所領を処分することを禁じ、②御家人が非御家人・凡下（民衆）に対して二〇年以上前に売却した所領の取り戻しを認めるもので、これは当時確立していた「知行年紀法」（二〇年以上公然と土地を所有していれば、所有権が認められる慣行）を破るものであった。

三、金銭貸借に関わる訴訟は受け付けない、とするもので、御家人にとって二の②はアメであるが、それ以外はムチに相当するもので、これらは浸透するはずもなく、結局撤廃され

てしまうのである。

◆兼好、父・兄と比叡山を訪う

一二九七年（永仁五年）兼好、一四歳。

桜の頃、兼好は卜部の父とともに比叡山に登り兄を訪い、三人で山内を歩いた。

兄・兼清《かねきよ》は父に、「父上、いつもお山のほうにご援助を下さいまして、ありがとうございます。私がこうして勉強できるのは、本当に父上のお陰というものです」

父「なに、父としてできることをしているだけなのだ。そのように気にかけるものではない」

兼好には、「たいしたものだな、叡山と言うところは。私など、東国武士《あずまぶし》の端くれだったはずのものだが、（自分の青々とした坊主頭を撫でながら）今ではすっかり坊主になってしまった。ところで、兼好《かねよし》、この満開の桜をお前の得意の歌にして詠ってくれ」と求めた。

父「そうだ。ぜひ、私にも聞かせてくれ」。

兼好は『家集』で、

「比叡の山にて四月一〇日あまり、盛りなる花を見て

（一二八）『いまも咲く花のところはありながら　過ぎにし春を訪ふかたぞなき』

と詠んだ。

父「『過ぎにし春を』か。兼好《かねよし》、さすがだ。そうか、この桜を見ていると、お前が育った金沢の家の桜を思い出すというのだな。

まあ、お山がこんなに寒いとは思わなんだが、お前の歌を聞いて少しは暖かくなった。いつまでもこの風景が私の頭の中に焼き付いて離れないだろう。ははは」

父の笑い声が二人に心地よく響いた。

また、兼好は厳寒のころ、雪降る折りに訪れて、

「雪降る日、比叡のやまに登りて、

（二七二）『残りつる真木のしたみち猶《なお》たえて　あらし吹きしく峰のしらゆき』

と、詠んでいる。

◆六位は貴族にあらず

ここで、今後の展開を理解するために、朝廷の廟堂内の序列を確認しておこう。これはほぼ、出身家系によって決まってしまうのであるが、トップの階層として（上位から）関白太政大臣↓左大臣↓右大臣↓内大臣（以上、各一人）とあり、次に、大納言（二人ほど）↓権大納言（三人ほど）↓中納言（二人ほど）↓権中納言（五人ほど）↓参議（六〜一〇人）と続く。時代にもよるが、合計では二二〜二五人前後である。

彼らは公卿《くぎょう》とよばれ、彼らが「公卿会議」を構成し、朝廷での政務を担当する。位階では三位以上の上級貴族である。

四位・五位の中級貴族は、公卿家の家司《けいし》を勤めたり、（摂関家に運動して）朝廷からの指名を受け諸国の国司（受領）になり、各地に赴任する、などということがあった。国司になると、国司として収受した租庸調のうち、朝廷に送る物以外は自己の物に出来るという大きな役得が期待できた。

位階では五位以上が貴族であるから、五位と六位とでは大きな断絶がある。このため六位から五位に上がるため、摂関家・有力者に財物を届けたり、ときには荘園を寄進することまで行なわれることがあった。

◆兼好、堀川家に出仕する

一二九八年（永仁六年）兼好、一五歳。

兼好は、精華家に属する久我家の一門・堀川家の家司《けいし》となった。家司とは、親王家、摂関家、精華家、門跡家等の家内の事務を司る執事のようなものである。

◆堀川（久我）家の人々

堀川家は村上源氏の末裔である。村上源氏は、村上天皇の皇子・具平《ともひら》親王の子・師房《もろふさ》が源朝臣《みなもとのあそん》姓を賜い、臣籍に降下したことに始まる。この流れに中院《なかのいん》家があって、この中に久我家がある。久我家は日を経て村上源氏の主流となり、度々太政大臣を出し、源氏長者についた。

久我家本家の久我通親に三人の男子があって、久我通光（一一八七―一二四八）が本家を継承し、通具が堀川家を、定通は土御門家をそれぞれ起こした。

本家の久我家・久我通光が、一二四六年に太政大臣になった後、一二四八年辞任し、分家に当たる堀川家では、当主・堀川基具（通具の孫）が、一二八九年（正応二年）、五八歳で太政大臣になったが、翌年辞任していた。

兼好は、伝え聞いた堀川基具の肖像を『徒然草』のなかで、『堀川相国《ほりかわのしょうこく》（＝堀川基具）は、美男のたのしき人にて、そのこととなく、過差（＝贅沢）を好み給ひけり。御子・基俊《もととし》卿を大理になして（検非違使別当の代理として）、庁務おこなはれけるに――』（九九段）と伝えている。

◆堀川具守

前年一二九七年(永仁五年)先代当主「堀川相国(太政大臣)」堀川基具が没したが、堀川家は、一二七七年（建治三年）嫡男内大臣堀川具守（一二四九—一三一六年）が継承しており、のち一三一三年（応長三年）には、内大臣となっている。

兼好は、若き日の主人堀川具守については（大略で）、

「——亀山院の御時、痴れたる（軽薄な）女房どもが、『女がなにかものを言いかけた時、うまく返事ができる男など滅多にいないものだ』と言って、参内する若い公達たちに、『ほととぎすは、もう聞きましたか』と問いかけていたところ、堀川具守様は、『岩倉にて聞きましただろうか』と答えたので、女たちは『これは気の利いた返事をするものだ』と言って、感心した」（一〇七段）、という逸話を書き残している。

◆堀川基俊

兼好を堀川家に推薦したのは、具守の弟・基俊である。

兼好は、堀川基俊については、前出のように、

『堀川の相国は、——御子息・基俊卿を検非違使庁の別当の代理になさって、その仕事をさ

せた』（九九段）と書いている。検非違使は、洛中はもとより畿内全域の治安維持に当たる警察・裁判組織である。

このように兼好は、堀川家の主人筋に当たる、基具、具守、基俊の三人について、抜け目なくその肖像を『徒然草』に書き残すなど、堀川家との浅からぬ関係を明らかにしている。

◆堀川殿

兼好が仕えた「堀川殿」（家祖・堀川《久我》通具の子孫が代々住んだ堀川家の邸宅）は、二条大路に北面して建っていた。

◆堀川基俊、卜部家を訪う

鎌倉将軍・補佐の堀川基俊は、卜部家で成長した兼好が、学問・和歌・有職故実などに秀でていることを知り、堀川家に薦めたのであった。

兼好が養育を受けた卜部家は、曾祖父・兼名《かねな》の実家である。

所用で京を訪れた堀川基俊は卜部家を訪い、入り口で待っていた卜部の父に、「おお、卜部か。五年前、兼清《かねきよ》、兼好《かねよし》をお前に託して以来であるな」

卜部の父「これは、これは、前《さき》の検非違使様。お久しぶりでございます。わざわざお立ち寄り下さいまして。前もってご連絡いただければ、叡山にいます兼清《かねきよ》も寄せて、ご挨拶させることもできましたのですが」

基俊「なに、よいよい。きょうは、兼好《かねよし》に会いにきたのだ。まずは礼を言う。いろいろ、世話になったようだ」

卜部の父「なにも特別のことはしておりません。兼好《かねよし》には、当家で伝える学問のほか、お勤めをさせていただいております堀川家のほか、当家がお頼みのできる権門勢家《けんもんせいけ》の筋に、有職故実、和歌の道などを学ぶ機会をいただいて参りました」

基俊「それは良いことであった。

兄・兼清《かねきよ》の方も比叡山において、宗務・教学などにめざましい活躍をしているという。推薦した私もまことにうれしく思っている」

卜部の父「二人とも卜部家の誇りでございます」

さらに、卜部の父はあらためて基俊の様子を確認した。

「ところで、基俊様、今日は、すっかり東国《あずま》風のお出立《いでたち》でいらっしゃいますね」

基俊「ははは、そうなのだ。すっかり、あの東国《あずま》武士の姿になってしまったのだ。私は鎌倉では将軍様のそば近くに仕えておるが、束帯や直衣《のうし》などでは、荒手の東国武士たちに示しがつかないのだ」

兼好は小走りで現れ、ひれふしたまま言った。

兼好「これは、基俊様、お久しうございます。ますますお元気というところでいらっしゃいますね」

基俊は上機嫌で、

「兼好《かねよし》、久しぶりである。この五年というもの、よく勉学に励んだようだな。卜部の父も喜んでいる。ときどき、卜部からは報告が参っておったのだ。

私は、お前を私の実家である堀川家に推薦しておいた。実のところ堀川の兄から私のところに、早いところお前を連れて来てほしい、と言ってきているのだ。

お前が生まれた家はもともと金沢家の右筆の家であるし、お前は学問、有職故実に明るく、特に和歌の方が秀でている。堀川では二人の若様の指導役というところだ。今日《こんにち》、古今、新古今、後撰、拾遺などは、これらを知らずして宮仕えなどできはしないからな」

兼好「卜部の家は、もとは宮主《みやじ》の家ではございますが、堀川家に家司として出仕するようになってからはすでに久しく、父からは、有職故実だけでなく古典、和歌の方も怠らず励むように、と言われてまいりました」

基俊「そうか、わかった。ありがたいことだ。私も安心して堀川の家にお前を出せるというものだ。ところで、兄の兼清とは会っておるか」

兼好「兄は時々、叡山から下りて参ります。父は兄の帰宅を喜びまして。兄が参りますと、叡山の話などで、三人で夜遅くまで話し込むことがございます」

　卜部の父は、満足そうにうなずいている。

基俊「それは何よりである。私もその中に加わりたいくらいのものだ。

　鎌倉に帰ったら、お前の兄の兼雄に、お前たちが元気でいることを伝えておこう。それはとにかく、堀川の家のふたりの若様の指導をよろしくたのむ。邦治親王は、のち御門《みかど》になるお方だからな」

　堀川基俊は、鎌倉の政治の中で、鎌倉将軍・久明親王の後見人として、一つの中心になっていた。

「そういえば、お前も聞いているかも知れないが、金沢顕時《あきとき》も大分くたびれてきたようだな、お前の兄・兼雄は今、顕時の嫡男貞顕《さだあき》の右筆をしている。あれもたいしたものだな。時々、貞顕の使いとして私のところに顔を出すことがある。そのとき、『弟たちがお世話になっております』と言うのだ。うれしいものだな。倉栖の家はもともと平氏の武士の家のようだが、卜部家との縁《えにし》ができてからは、学問もできる家になった。なにぶん、関東《あずま》武士は学問が苦手だからな。いや、これは言うまい。ははは。とにかく、兼好《かねよし》、一度、機会を見つけて、鎌倉の様子を見に参れ。私がいろいろ案内してやろう。だいいち、お前の故郷《ふるさと》ではないか。母も待っているだろう」

兼好「ありがとうございます」

兼好には、基俊の言葉は慈父の言葉のように響いたのであった。

◆堀川家当主・具守

当時堀川家では、当主・堀川具守、具守の子の具俊、具俊の子具親（五歳）、娘・基子《きし》、基子が後宇多上皇（一二六七―一三二四年）の寵を得て生んだ邦治親王（のち、後二条天皇、一四歳）の五人の他、多くの家司・使用人（家の子、郎党）を抱えていた。

兼好は以後、これら堀川本家の五人と、鎌倉に出た具守の弟、基俊との関わりを通じて、堀川家の一員ともいえる濃密な人間関係を結ぶことになる。

◆堀川家の孤立した外戚関係

当時の権門の雄は西園寺家であり、その西園寺家が皇室と広汎にして密接な姻戚関係を作り上げていた。

このような中、後宇多上皇の第一皇子・邦治親王（のち、後二条天皇）、その生母・基子、基子の父・堀川具守という堀川家の姻戚関係は、西園寺家から離れた一つの孤立した生活圏を作っており、村上源氏の末裔という名門ではあるものの、堀川家の門地の低さは、基子を正式の妃として押し出すだけの力を持たず（後宇多上皇には宗尊親王の娘である、永嘉門院という中宮がいた）、さらに、具守には外戚となって勢いを張ろうとする野心も乏しかった。

◆兼好、八歳の頃を回想する

一五歳の兼好は具守から、基子が生んだ邦治親王（一四歳）、具守の孫・具親（五歳）という、二人の若様たちの守り役を任されることになった。

二人はあるとき、

「兼好《かねよし》、兼好の家族について何か話してくれ、たとえば兼好の父はどのような人であったのか」とせがむことがあった。

兼好は、八歳の頃を回想して、

「そのころ、関東《あずま》の武士だった父はまだ生きていて、金沢・北条家の右筆をしておりました。あるときわたしは父に、仏にはどのようにして成るのでしょうか、と聞いたことがあるのです」

「八つになりし年、父に問ひて曰く、

『仏はいかなるものにか、候ふらん』

父『仏《ほとけ》には、人の成りたるなり』

また、兼好『人はなんとして、仏にはなり候ふやらん』
父『仏の教へによって、なるなり』
また、兼好『教へ候ひける仏を、何が教へ候いける』
父『それもまた、先の仏の教へによって、成り給ふなり』
また、兼好『その教へ始め候ひける第一の仏は、いかなる仏にか候ひける』
父（は、呆れて）『空よりや降りけん。土よりや湧きけん』（さあて、空から降ってきたのだろうか、土から湧いてきたのだろうか）
と、言って笑ったのです」（二四三段）。
兼好が、「父は、私に問い詰められて答えられなかったのです」と、なつかしそうに言うと、邦治親王「ははは、兼好の父は答えには詰まってしまったけれど、兼好がそんな話をできるようになったことが、きっとうれしくてたまらなかったのだろう」と言って笑った。
後宇多上皇の第一皇子である邦治親王は父の寵愛を一身に受けていた。この皇子の（腹違いの）すぐの弟が尊治親王で、後の後醍醐天皇である。

その後兼好は家政についての実務能力も認められ、堀川具守の信頼を得て、邦治親王が後二条天皇として即位すると、六位・蔵人として宮廷に派遣された。

◆当時の権門の雄は西園寺家

承久の乱（一二二一年）以後、当時の権門の雄は西園寺家であった。西園寺家は皇室と密接な姻戚関係を結び、権勢を極めていた。

太政大臣・西園寺公経（一一七一―一二四四年。妻は、源頼朝の同母妹の夫・一条能保の娘・全子）は、自身の持つ尾張国の荘園と交換で北山の地を得て、ここに建てたのが豪邸・西園寺（後の北山殿）である。

兼好は、公経大臣の逸話を、同寺の鐘の音に触れて、

『（公経大臣は）西園寺の鐘、黄鐘調《おうしきちょう》に鋳られるべしとて、数多（あまた）たび鋳易《か》へられけれども、叶わざりけるを、遠国より尋ね出《いだ》されけり』（二二〇段）と、書いている。

太政大臣・西園寺公経の姉が、歌人・藤原定家の妻である。

なお、定家の日記である『明月記』は、当時の平安貴族の生活のありさまについて詳しく書いているので、本書においても定家からいろいろの教示を得ている。

◆西園寺実兼は当時、最大の実力者

西園寺公経の嫡子が実氏で西園寺家嫡流となり、実氏の子が太政大臣・公相である。公相の子が実兼（一二四九―一三二二年）で、一二六九年（文永六年）から、鎌倉幕府との連絡に当たる「関東申次」に就いており（関東申次は、一三二二年《元亨二年》まで）、その娘三人をまず持明院統の伏見天皇に、次に大覚寺統の亀山法皇、後醍醐天皇の後宮に入れている、当時最大の実力者であった。

公経の三男が実雄《さねお》で、ここから洞院家が始まる。実雄も三人の娘を後宮に入れており、このように西園寺家の一統と皇室は緊密に姻戚関係を結んでいた。

◆兼好、後二条天皇に仕える

一三〇一年（正安三年）三月兼好、一八歳。

後伏見天皇が三年ほどで退位すると、邦治親王が後二条天皇として即位し、皇統は再び大覚寺統に戻った。朝廷の政治は、治天の君である後宇多上皇が行った。

兼好は、堀川家から宮廷に「六位・蔵人」として派遣された。「六位の蔵人」とは天皇直属の「蔵人所《くろうどどころ》」の職員で、宮中の事務、行事をはじめ、天皇の身の回りの世話に至る一切を取り仕切ることが仕事である。

両統は後二条天皇の皇太子の座を巡って対立し、大覚寺統は後宇多上皇の子で、後二条天皇の弟である尊治親王（のちの後醍醐天皇）を、持明院統は後伏見天皇の弟・富仁親王を推し、両統は幕府に働きかけたが、幕府はこのとき「両統迭立」策を確認（決定）し、皇太子には持明院統の富仁を充てた。

◆金沢顕時、没す

一三〇一年（正安三年）北条師時、執権になる。
同年三月金沢顕時、没す。五四歳。家督は、嫡子・貞顕が継いだ。

◆宮廷の生活

はじめて宮廷に入った兼好にとって、宮廷は彼が経験した社会からは隔絶した別世界であった。兼好は、
『衰へたる末《すえ》の世とはいへど、なほ、九重《ここのえ》（＝宮中）の神さびたる有り様こそ、世づかず、めでたきものなれ（万事につけ、末世ともいうべきこんな時代であっても、宮中にだけはまだ神々しい神さびた有り様が残っており、俗世の風潮に染まらないでいるのがすばらしい）』（二三段）と絶賛し、自分が宮廷にあった頃、政務のトップを務めた徳大寺太政大臣（藤原公孝。一三〇二―一三〇四年、太政大臣を務める）の漏らした、『内侍所《ないしどころ》の御鈴の音は、めでたく、優なるものなり』（同）という一言などを紹介している。

天皇は社会の頂点に立つ存在であるから、そのご一統も当然極めて高く神聖なものである

として、兼好は、

『――御門《みかど》の御位《おんくらい》は、いともかしこし（天皇のお位について語ることなど、畏れ多いことである）。

竹の園生《そのふ》の末葉《まつば》（＝皇子・皇孫の末代）まで、人間の種ならぬぞ、やんごとなき（天皇のご子孫はわれわれとは異なる生まれなので、尊いものである）』（一段）。

さらに、『一の人（摂政・関白）の御有り様はさらなり（やはり尊いものである）』と続けるが、自己の位置（六位の蔵人）については、

『――それより下つかたは、程につけつつ（それぞれの身分に応じて）、時に遭ひ、したり顔なるも（偶然の出来事で出世して、偉そうな顔をすることができるかも知れないが、そういうことは滅多にはない）、みづからはいみじと思ふらめど（自分は世の中では偉い方なのだと思うものの）、（やはり）いと口惜し』（一段）と、悔しさを隠そうとはしない。

兼好は初めて経験した宮廷（天皇家）の暮らしを通して、公家社会の現実、すなわち摂政・関白を頂上とする階級社会のなかで、堀川家の家司という上流公家に従属する自己の階級（下部家）の限界を目の当たりにしたのである。

◆宮廷の豪華な生活

主上（天皇）の宮廷での生活は、これまでの堀川家でのそれとは比較にならないほど豪華なものであった。

洛中の三条、四条、七条などの大路には市場が出来ており、全国から到来した、米、肉（主に、鶏肉）、野菜、魚貝、海藻などが豊富に出回っており、内裏ではこれらを買い求め、これらを専門の料理人が季節に応じて調理しているのである。

兼好はその豪華な生活には感心はしたものの、やや批判的にならざるをえず、『いにしへの聖《ひじり》の御代《みよ》の政《まつりごと》を忘れ、民の愁い、国の損なはるるを知らず、万《よろず》にきよらを尽くして、いみじと思ひ（贅沢を尽くして、自分だけが満足して）、所せきさましたる人こそ（周りの人に圧迫感を与えるようなことをしている人は）、うたて（嘆かわしい）、思ふところなく見ゆれ（思慮分別のない人のように思われる）』（二段）と、記さざるを得なかった。

◆金沢貞顕は、六波羅探題南方・長官に着任する

一三〇二年（正安三年・乾元元年）七月金沢貞顕（顕時の子）は、六波羅探題南方・長官として京都に赴任した。右筆の兼雄もこれに随伴した（一三〇八年（延慶元年）一二月まで）。

鎌倉幕府は、承久の変の後、京都での幕府の政治的拠点として、京の東山に六波羅探題（北方・南方の二ヶ所）をおいた。鎌倉幕府の行政・裁判権は、三河以東を鎌倉の幕府が、尾張以西を六波羅探題が担っていた。

◆兄・兼雄は、兼好、兼清と再会する

兼雄は、兼清、兼好を六波羅に呼び、懇談した。兼好が後二条天皇の蔵人になっていることと、兼清が叡山で活躍していることを知り、兼雄は驚き喜んだ。

兼雄「二人ともひさしぶりであるな。元気そうでなによりだ。母もさぞ喜ぶであろう。私の

方から伝えておこう。六波羅から鎌倉には定期便があるからな。さて、何年になるかな、金沢の家を出てから」

兼好「九年でございましょうか。早いものですね」

兼清「金沢家の貞顕様もこれを機会にいよいよご出世でございますな」

兼雄「そうであってほしいものだな。ははは、叡山も政治の動きはしっかりと見ているのだな。お前達にもいろいろ助けてもらうこともあるだろう。よろしく頼むぞ。

これから一緒に貞顕様に挨拶に行く。その後はゆっくりしていけ。お前達の話を楽しみにしていたのだ」

金沢貞顕は挨拶に来た三人を引きとどめ、長く懇談に興じた。

◆兼雄と兼好、永嘉門院に会う

宮廷において後二条天皇に仕える兼好は、金沢貞顕の代理として宮廷に現れる兄・兼雄と会う機会もあり、それぞれの主人の意向を伝え、確認しあうこともあった。

また、兄・兼雄が右筆として仕える金沢貞顕は、かつて京から下った皇族将軍・宗尊親王（別称を中書王という）に仕えていたことがあり、同親王の娘で、現在の治天の君である後宇多上皇の中宮になっている永嘉門院とは親交を持っていた。永嘉門院は後宇多上皇とともに宮廷に顔を出すことも有り、宮廷に上がった金沢貞顕、兼雄に声を掛けることもあった。

◆兼好、二条派歌人になる

一三〇三年頃（兼好、二〇歳）、この頃から兼好は、後宇多上皇、後二条天皇の和歌の師である二条為世の門に入り、二条派歌人として歩み始めた。

二条為世（一二五〇―一三三八年）は、藤原定家の孫・為氏の長子である。大覚寺統に寄って歩み、『新後撰和歌集』、『続千載和歌集』を撰した。

◆二条家―「和歌の家」の分裂

「和歌の家」として権威を持った藤原俊成・定家の御子左家《みこひだり》は、定家の子・為家《ためいえ》を経て、その嫡男・為氏《ためうじ》に継承された。為氏の子が為世で、為世は家名を二条家に改めた。

ところで、定家の子・為家は年老いてから阿仏尼を妻として、彼女との間に三人の男子をもうけたが、第一子・為教《ためのり》が京極家、第二子・為相《ためすけ》が冷泉家の、それぞれの祖になった。

◆為家の老妻・阿仏尼

第二子の為相は為家の六五歳の時の子で、異母兄の為氏とは四一歳も離れていたが、為相を溺愛した為家は、為氏に与えた荘園・文書類を取り上げ、為相に与えて死去した。このとき、為相、一五歳。

これらの荘園・文書類の所有権をめぐって、為氏と阿仏尼・為相は訴訟となり、京都の朝廷で敗れた阿仏尼は鎌倉に訴えることにして、一二七九年（弘安二年）、京都を出発した（このときの旅日記が、『十六夜日記』である）。

この四年後に、阿仏尼は死去するが、この訴訟は三〇年後に阿仏尼側の勝利で決着が付き、俊成・定家の残した記録・文書の類は冷泉家に帰することになった。以後為相は、京都の家の他鎌倉にも長く在住し、今日まで続く冷泉流の和歌を指導した。

◆二条為世と京極為兼（為教の子）

このように「和歌の家」は、定家の子・為家の代に分裂し、二条・京極・冷泉の三家になったが、二条家と京極家は和歌の正当性をめぐって争い、ことに二条為世と京極為兼（為教の子）の代に、激しく争った。

大覚寺統についた二条為世は、淡泊・平板なわかりやすい歌風を確立した。兼好は、為世のことを「藤大納言」として、二三〇段に登場させている。

他方、新奇・繊細な歌風を打ち出した京極為兼は、実力者・西園寺実兼に家司として勤めていた時に、持明院統・伏見上皇の殊遇を得て、栄達したものの、後二条天皇の皇太子をめぐる問題では、幕府の意向を無視するその姿勢が幕府の怒りを買い、一二九八年（永仁六年）、幕府に逮捕された。

このときのことを兼好は、

『為兼大納言入道、召し捕られて、武士どもうち囲みて、六波羅へ率て行きければ』（一五三段）と生々しく書いている。この後、為兼は佐渡に流されたが、のち許され、再び栄進した。一三一三年（正和二年）、『玉葉和歌集』を撰ぶなどした後、再び一三一五年（正和四年）土佐へ流されるなど、波乱に富んだ人生を送った。

◆堀川具親、具守の嫡子となる

一三〇三年（嘉元元年）九月堀川具守の長男で、参議の具俊、死す。三一歳。具守は、具俊の長男である具親（一〇歳）を具俊の後に据え、嫡子とした。堀川具親は、一二九三年生まれ。兼好より一〇歳若い。

◆兼好、宮廷を辞したいと考える

一三〇四年（嘉元二年）兼好、二一歳。
一三〇一年（正安三年）に六位の蔵人として宮廷に入ってから四年。

六位の蔵人の任期は六年なので、六年目の一三〇六年（徳治元年）には従五位になるわけだが（これを「巡爵《じゅんしゃく》」という）、この昇進のためには、最高実力者・西園寺実兼の周辺に金品を贈り、根回しを行なう必要があったが、堀川家、卜部家にそこまで依存することはできなかった。

兼好は、このような費用を捻出する気にもなれず、さらに宮廷の豪奢な暮らしぶりに対して、関東武士の家に育った兼好は肌合いの違うものを感じており、今は、暮れの除目《じもく》（＝人事発表）の前に宮廷を辞する気持ちに傾いていた。

◆兼好は、兄・兼雄にこれを相談する

兼好は六波羅に兼雄を訪い、兼雄にこの気持ちを伝えると、兼雄は、

「お前が宮廷に出てからもう約四年になるか。早いものだ。お前もよくやってきたものだな。主上《みかど》からも信頼が厚いというではないか。ただ、宮廷というところはお前の言うように、上に行くほど金が掛かるというところなのだな。関東《あずま》武士に生まれたお前からすると、誠に不思議な世界に映るだろう」

◆松下禅尼、北条時頼の質素な暮らし

兼雄は、鎌倉の御家人であればだれでも知っている、松下禅尼の話を兼好に伝えた。

「お前が聞いているかどうか判らないが、第五代の執権であった名君・時頼様（＝出家して、最明寺入道。一二二七―一二六三年）の母御の松下禅尼様などは、時頼様を自分の住まいに迎えるときには、障子の汚れ破れた所だけを手ずから直されて、

『尼（わたし）も後は、さはさはと（さっぱりと）張り替えんと思へども、今日ばかりは、態《わざ》とかくてあるべきなり。物は破れたる所ばかりを修理して用ゐることぞと、若き人（時頼）に見習わせて、（倹約の大切さを）こころ付けんためなり、とおっしゃった』（一八四段）というのだ。えらいものだな」

兼好「まったくですね。最明寺入道様といえば、わたしも聞いておりますが、連署もなさった大仏宣時様（一二三八―一三二三年）が昔話として、

『ある夜、最明寺入道様に呼ばれて行ってみると、入道様が、お酒が飲みたくなったとおっしゃって、自分も肴をさがしたところ、あいにく何もなく、ちょうど土器に残っていた味噌

をお出ししたら、ご機嫌よくお酒を飲んだ』と言われていた（二一五段）、というではありませんか。この話は京都でも有名でございます」
兼雄「そうだ、武士の暮らしは質素なものだ。お前の気持ちはよくわかった。しばらく考えておこう」

◆称名寺長老・審海、没す

一三〇四年（嘉元二年）六月称名寺長老の審海が没した。

この報は直ちに金沢貞顕に伝えられ、貞顕から兼雄に知らされた。審海のあとは、弟子の劔阿《けんあ》が継承した。

兼好が兼雄に呼ばれて六波羅を訪うと、
兼雄「兼好《かねよし》、（金沢・称名寺の）審海様が亡くなられた。私は仕事柄京都を離れるわけにはいかないが、倉栖の家から誰か葬儀に出さなければならない。

丁度いいといっては不謹慎ではあるが、兼好《かねよし》、お前が出てくれ。審海様の後任は劔阿様というらしい。この方にも挨拶して来てもらいたい。

　また、母上にはもうかれこれ一〇年ほど無沙汰をしているだろう。健在ぶりを見せて来い。主上《みかど》や具守様に関東《あずま》下向のことを申し上げるときは、称名寺の審海様のご葬儀に私の代理で参加すること、鎌倉の基俊様にもお目に掛かり京都の現況を報告すること、などを言えばお許しになって下さるだろう」

兼好「兄上、ありがとうございます」

第二章　関東に下向した頃

◆兼好の一回目の関東下向

一三〇四年（嘉元二年）夏、兼好、二一歳。
兼好、一回目の関東下向を行なう。

兼好は、後二条天皇、堀川具守に関東下向の許可を願い出た。
兼好「金沢・称名寺の長老・審海様のご葬儀に我が兄・倉栖兼雄に代わり参加させていただきたく、お許しをいただきに参りました」

後二条天皇「兼好《かねよし》の兄の兼雄は今、六波羅の柱の一つになっておるからのう。やはりお前が行かなくてはならないであろう。おまえのお陰で宮廷の差配もうまく出来ているようだ。安心して、長年離れていた郷里をゆっくり見て参れ」

具守邸では具守は具親も呼び、兼好に声をかけた。

具守「兼好《かねよし》が当家に入ってからもう六年になるか。よく努めてくれた。ふるさとへの帰参というころでいろいろ期する所もあろう。この機会にすべて果たして参れ。弟・基俊の様子も知りたいところだ。連絡しておくから会って参れ。当家の様子も伝えてくれ。無事に帰って来て、関東《あずま》の話を具親に語ってくれ」

具親「兼好《かねよし》も関東《あずま》にいる母に会いたいであろう。帰ってきたら、関東の話をぜひ聴かせてくれ。待っているぞ」

和歌の師・二条為世に挨拶に行くと、

「そうか。いい機会だから、二条派の和歌を関東《あずま》に広めてくれ。お前なら頼めるというものだ。鎌倉にいる私の知己にも伝えておく。よろしく頼むぞ」

兼好は卜部の父の見送りを受けて、鎌倉に向けて出発した。

◆諸国では悪党が肥大する

一三世紀末期（一三〇〇年前後＝正安・乾元の頃）になると、二度にわたる蒙古の襲来のため動員された御家人が困窮し、これを救済するため幕府は徳政令を発布するなど、御家人制度そのものが動揺してきた。

諸国では各地を荒らし回る「悪党、海賊、悪僧」などと呼ばれる反政府（幕府）集団が横行し、特に西国では五〇から一〇〇騎の大集団で、有力寺社の荘園、関所などで財貨や、子女を略奪した。

『貞永式目』（三二条）は、「盗賊・悪党を所領の内に隠し置くこと」などを禁じてはいたが、これらを取り締まるはずの守護・武士なども追討に出ることを渋り出し、さらに御家人においても悪党と手を結ぶもの、さらに悪党化するものさえ、現れる始末であった。

◆東海道を下る人々

兼好は京都を出て、東海道を関東《あずま》に向かった。京都・鎌倉間は、徒歩では一五日前後かかる。

東海道を行く人々には旅行者のほか、流浪・遍歴しながら生活を立てる人々も多かった。一般の男子の場合は、剃髪の僧侶は別として、商人、職人、武士の種類を問わず、髻《もとどり》を結い、烏帽子《えぼし》をつけることが必須の条件であり、女子の場合は、特に中流以上の女では「衣被《きぬかずき》」(↓きぬかぶり) して歩くことが普通であった (七〇段)。これは、人に顔を見られないように、単衣の小袖を頭からかぶるものである。

これら「普通の人々」の他に、男なら当然被るべき烏帽子も付けず、髻もせず袴もはかず、頭には女がかぶる六方笠を乗っけるだけという適当な格好をしている下層の民衆がおり、かれらは、「非人」と呼ばれていた。

また、当時急速に広がり始めた「時宗」の衆徒も目立ち、彼らは粗末な衣類を身につけて群れをなして、市から市へ、宿から宿へ、「踊り念仏」などをしながら遍歴しているのであった。彼ら一行の風体があまりにみすぼらしかったので、彼らが鎌倉に入ろうとしたとき、幕府はこれを許さなかったこともあった。彼らには付き従う者も多く、先の「非人」や「乞食《こつじき》」などが多く見られた。この集団から脱落し、悪党の群れに投じる者も多かった。

また、人目を避けるための覆面で柿色の衣服を着て往来する、今でいうハンセン病患者の姿もあった。

「往来での男女の出会いは当然」という世の中であったから、遠方に仕事で出かける場合、偶然の出会いを期待して旅に出るものも少なくなかった。

◆鎌倉に着く

兼好は鎌倉に着くと、堀川基俊に報告するため将軍御所に向かった。堀川基俊は鎌倉将軍・久明親王の後見人として、鎌倉・亀ヶ谷にある将軍御所にあって、鎌倉の政治の中で一つの中心となっていた。

兼好は、亀ヶ谷の堀川基俊、鎌倉の金沢家への挨拶を済ませ、金沢・称名寺での審海の葬儀の後、実家である金沢・倉栖家の母の許に報告に行った。

金沢は現在の横浜市金沢区であるが、当時は武蔵国久良（倉城）郡六浦《むつら》荘・金沢郷である。金沢郷は、北条・金沢氏の始祖である金沢実時《さねとき》が別業（別荘）として建て、その後定住した邸宅を中心にして広がる金沢家の拠点であった。当時の当主は、顕時の子・金沢貞顕で、前記のように一三〇二年（正安四年）から六波羅探題として京にあった。兼雄も随身していた。

◆倉栖家

倉栖家は、下総国・北部を所領とする武士の家である。

一三世紀中頃（仁治・寛元のころ）、京の神祇官の家である卜部家から倉栖家に入った兼好の曾祖父・兼名《かねな》が、金沢家の実時《さねとき》、子の顕時《あきとき》らと関係を築き、その文筆・事務能力を買われて、金沢家に右筆（執事）として仕える機縁を作った。

金沢家が鎌倉で幕府の重職を務めるようになり、倉栖家も鎌倉に役宅を持っていた。鎌倉・

倉栖家の現当主は兼雄であり、金沢貞顕《さだあき》・六波羅探題南方・長官の右筆として働いていた。

◆旧宅を訪う

金沢の倉栖家では兼雄らの父である倉栖某が早くに没した後、当時は兼好たちの母が住んでいた。金沢に到着すると、兼好は早速実家を訪うて母に再会した。

倉栖家の屋敷は金沢家・右筆（重臣）として働く武士の実家として不足のない大きさの家であり、敷地の一角には昔兼好たちが住んでいた古びた旧宅も残っていた。

兼好「只今、戻りました」

母「待っておりましたよ。まあ、兼好《かねよし》、お元気そうで、何よりです。いろいろ大切なお仕事をなさっているようですね。きょうはゆっくり、京都のお話を聞かせてください」

兼好「母上もお元気そうで。私の方は何とかやっております。

母上の見送りを受けてから、もう一〇年ということになってしまいましたね。おお、まだ昔の家も残してあるのですね」

母「家には、所従・下人など様々な人たちがいますからね、今もあれはあれで使っているのです」

◆旧宅を訪うて

この時のことを、のち兼好は、『家集』の中で次のように書いている。

「武蔵の国、金沢といふところに、昔住みし家の、いたう荒れたるに泊まりて、月赤き夜
(七四)『ふるさとの浅茅《あさじ》が庭の露の上に　床《とこ》は草葉《くさば》と宿る月かな』」
と、詠んだ。なつかしく、感慨深い一日であったであろう。

◆称名寺・金沢文庫

兼好は称名寺を訪れ、故・審海の高弟である劔阿《けんあ》に挨拶をした後、金沢滞在中、寺内の「金沢文庫」で学ぶ許可を得た。称名寺は金沢実時が亡母の供養のため建てた寺であったが、実時は、同寺に多くの荘園を寄進し、寺内を整備させた。金沢実時同様、学問好きな顕時、貞顕の父子も多くの古典・漢籍を集積させたので、その金沢文庫は、鎌倉での学問の中心とな

っていた。

同寺・文庫内では、地域・地方の寺院から修行に来た少年・青年達、古典・漢籍の講義を受講する武士の子弟達、寺に命じられて経典・古典などを書写する筆生達（寺は、完成した写本を外部の求めに応じて販売するのである）が往来（ゆきき）し、また、寺に納める米、食物、衣類、和紙、墨、筆などを運ぶ商人達、中で働く大工、工人達など様々な人々が出入りして、閑かな賑わいを見せていた。

◆平惟俊朝臣家の歌会に参加する

一三〇五年（嘉元三年）には二条派歌人として、平惟俊朝臣家の歌会に参加している。

平惟俊は鎌倉将軍・久明親王の乳父であり、親王の下向に随ってきたのである。

ここで兼好は、

「これとしの朝臣のいえにて、川を（詠む）

（二〇五）『千歳《ちとせ》ともなにか待つべき五十鈴川　濁《にご》らぬ世にはいつも住（＝澄）みけり』」

と、伊勢神宮の五十鈴川の澄んだ流れを詠っている。

◆兼好の帰洛

一三〇七年（徳治二年）一〇月鎌倉（金沢）にいる兼好のもとへ京都の兄・兼雄から、「来年一三〇八年（延慶元年）は京都において、大殿（＝金沢実時。一二七六年没）の三十三年御仏事（三三回忌）（導師は、覚守僧都）があるので、戻って参れ」と、帰洛の指示が来た。

帰洛した兼好は、六波羅探題に近い東山《ひがしやま》辺にある、兄・兼雄が手配した家に住んだ。「東山」は京都鴨川の東部にあって、南北に連なる丘陵とその周辺の総称である。

三三回忌が済んでから程なく、母から「自分も京都に行きたい」という希望が兼雄に伝えられ、母を迎えることになった。京都が気に入った母は、

「兼雄も、兼清も、兼好も皆、ここ（京都）にいる。京都が安心できてよい。金沢の家は兼

雄の子・四郎に任せればよい」と言い、以後鎌倉に帰ることはなかった。

この兼好の帰洛については、

一三〇八年（徳治三年・延慶元年）六波羅探題・長官を務める金沢貞顕が称名寺に宛てた文書（『金沢文庫古文書』。右筆・倉栖兼雄が代筆）の中で、

『――俊如御房、上洛の便、去月十一日御状、兼好帰洛の時、同十二日禅礼、各委細承候了、――又、大殿三十三年御仏事如法経以下、重畳之由承候了、――』

（――俊如御房の上洛の幸便に託された先月十一日のお手紙、さらに兼好が帰洛のときに携えてきた同十二日のお手紙について、委細を承知いたしました。

――また、大殿（金沢実時）の三十三回忌（一三〇八年）の件も承知いたしました――）

と言及しており、兼好が称名寺からの手紙をあずかり同年中に帰洛し、金沢貞顕に届けたことが確認できる。

◆兼好、金沢貞顕の被官となる

兄・兼雄は、帰洛した兼好に、

「六波羅探題に出仕して、金沢貞顕（六波羅探題・南方長官）様のもとで、自分の行っている探題の仕事を助けてくれ」と命じた。

一三〇八―一三一一年（延慶一―四年）兼好二五―二八歳。

兼好は金沢貞顕（六波羅探題南方・長官）の被官となり、兼雄を補佐した。

◆東山に住む

この頃兼好は、母とともに兼雄が手配した東山の家に住んでいた。

これは、兼好が金沢・称名寺の長老である釼阿《けんあ》に対して、金沢滞在中の世話に対する礼を述べる書状（『金沢文庫古文書』）の中で、

『当時者、罷住東山辺』（当時は、東山辺に罷り住み）と述べており、確認することができる。

兼好は東山にいたころ、「女が鬼になった」ものが伊勢国から京に連れられてきたという

噂があって、兼好もこれを見に行ったときの話を書いている。

「応長（一三一一―一三一二年）の比（ころ）、伊勢国から、女の鬼になりたるをゐて（引き連れて）上りたりといふことありて、

――日ごとに、京・白川の人、鬼（を）見にとて、出で惑ふ（大騒動になっていた）。『昨日は、西園寺に参りたりし』、『今日は院に参るべし』――など、言ひあへり。正しく見たりといふ人もなく、虚言といふひともなし。――その比、（兼好が）東山より安居院《あぐい》の辺へ、罷り侍りしに（旧知の覚守僧都を訪ねる途中で）、四条より上様の人、皆、北を指して走る。

――」（五〇段）。

デマに踊らされて、北へ南に走り回る人々の様子を生き生きと描いている。

「西園寺」は北山にあった西園寺氏の別邸で、当時の当主は最高実力者・西園寺実兼（一二四九―一三二二年）であった。

◆関東《あずま》のはなし

兼好は帰洛の報告に堀川家に具親を訪ねた。

兼好「ご無沙汰してしまいました。思いも掛けず長い期間になってしまいました」

具親「そうだ。四年になったな。元気であったか。

京では兼好《かねよし》はいつでも呼べば来てくれて、相談に乗ってくれるものだったから、安心していたのだが、やはり近くにいないと困る。これまでのように、頻繁に顔を出してくれ。きょうはゆっくりしていけ。いろいろ、関東《あずま》の話もあるだろう。少しずつ話してくれ」

兼好「今宵はこのようなご馳走をいただき、ありがとうございます。ところで若殿は、鰹《かつお》という魚はご存知でございましょうか」

兼好「鎌倉の海に、鰹といふ魚は、かの境ひには、双なきものにて、この比もてなすものなり（関東《あずま》では、最高のもてなしの肴《さかな》になっているものでございます）。

それも鎌倉の年寄りの申し侍りしは、『この魚、おのれら若かりし世までは、はかばかしき人の前に出づること侍らざりき――』。かやうのものも、世の末になれば、上ざま（上流階級）までも、入り立つ（入り込む）わざにこそ侍んべれ」（一一九段）。

具親「魚《さかな》の肴《さかな》の話と、きたか。ははは。鰹は今、高級品だが、昔はそうではなかったというのだな。まあおいしいものであれば、土地だけのものであったものがだんだん世の中に浸透していくというものであろう。関東《あずま》に行くことがあったら、是非食して見たいものだな」
兼好「私もぜひお供致しましょう」

◆「鎌倉の中書王」は

具親「ところで、我らのご親族とも言える、宗尊親王様のお話を聞いてきたとか言っておったのう」

兼好「はい。鎌倉の中書王様（一二五二年鎌倉将軍として下った鎌倉将軍・宗尊親王のこと。後嵯峨天皇の皇子で、その娘・永嘉門院は、後宇多上皇の中宮（＝皇后））が、蹴鞠《けまり》の会をお開きになったときのことですが、

『鎌倉の中書王にて、御鞠ありけるに、雨降りて後、未だ庭の乾かざりければ、いかがせんと沙汰ありけるに、

（その時）佐々木隠岐の入道（佐々木政義は）、のこぎりの屑を車に積みて、多く奉りたりければ（おが屑をたくさん運んで来て）、一庭に敷かれて、泥土の煩ひ（抜かるんでいた土

の心配は）、無かりけり。――

――（このことを聞いた）吉田中納言（権中納言の藤原定資）の、「（その佐々木入道は）乾き砂子の用意や、なかりける（乾いた砂の用意はしていなかったのか）と宣《のたま》ひたりしかば、（聞いていた、わたしは）恥ずかしかりき（はずかしい思いを致しました）』（一七七段）。

具親「そうか。そのようなことがあったのか。そのような場合、京都であれば早速に乾いた砂を入れることになろうが、なにぶん鎌倉で行なわれていることであるから、おが屑を入れたという、佐々木入道の処置もやむをえないところであろう」

兼好「その通りでございましょう」

この後兼好は、是非知らせたかった最明寺入道（五代執権・北条時頼）の母・松下禅尼の障子の話などを具親に伝えた（一八四段）。

◆後二条天皇、死す

一三〇八年（延慶元年）八月、後二条天皇、死す。二四歳。

兼好が堀川家に入って約一〇年、堀川家は兼好にとって実家のような存在になっており、後二条天皇の宮廷に入ってから約七年経っていた。堀川家で育った後二条天皇は兼好とはほぼ同年配で、兼好が有職故実や和歌などを教えた、義理の弟のような人物であった。

後二条天皇の急逝以後、兼好は堀川具守から子・具親の後見役を託されるなど、同家との関係は終生のものとなった。堀川家の一員として、経済的な支援も受けた。

同じく八月兼好、二六歳。

鎌倉将軍・久明親王は、嫡子・守邦親王に将軍職を譲り、京都に帰った。将軍後見役の堀川基俊は、鎌倉に残って新将軍の補佐に努めた。

◆尊治親王、皇太子になる

一三〇八年（延慶元年）、後二条天皇の急死（二四歳）を承けて、持明院統の富仁親王が花園天皇として即位した。今度はこの花園天皇の皇太子の座を巡って、大覚寺統の中で暗闘が始まった。

亀山上皇の子・恒明親王、後宇多上皇の子・尊治親王、後二条天皇の子・邦良親王の三者が対立したが、幕府は結局、尊治親王を皇太子に選んだ。尊治親王は、後の後醍醐天皇である。一三一八年（文保二年）に即位するまで、約一〇年間という長い皇太子生活を送る。

◆金沢貞顕、鎌倉に帰る

一三〇八年（延慶元年）一二月金沢貞顕は鎌倉で引付頭人に就任するため、六波羅探題・長官を辞任して鎌倉に帰った。兄・兼雄もこれに随行したが、兼好には引き続き六波羅探題に留まるよう命じた。

一三〇九年（延慶二年）三月貞顕は、引付頭人に就任する。引付は評定衆の下に置かれる、御家人の訴訟を取り扱う専門組織である。複数部あり、頭人はその各部のトップで、評定衆への登竜門であった。

◆後二条天皇の追善供養に参加して――西華門院

後二条天皇崩御後、後二条天皇の母・基子は出家し、西華門院と称した。

兼好は、西華門院が催した後二条天皇の追善供養の集まりに招かれて、

「後二条院の、書かせ給へる歌の題の裏に、御経書かせ給はむとて、女院（西華門院）より人々に詠ませられ侍りしに（後二条院がお書きになって残した「歌の題」の裏に、女院が写経して供養しようとしたときに、女院がその「歌の題」に即した歌を私にもお求めになったので）、夢に逢う恋を、

（五五）『うちとけてまどろむ年もなきものを　逢うと見つるや現《うつつ》なるらん』

（主上《おかみ》が亡くなられてからは、心を緩めて横になるようなこともない。主上にお目に掛かったと思ったのは、現実だったのでしょうか）と詠み、故天皇を偲んだのであった。

◆後醍醐、堀川具親に問う

兼好は、後醍醐天皇が東宮（皇太子）時代（一三〇八―一三一八年）のこと、堀川具親が東宮坊（東宮御所）に召されたとき、具親に求められて随身として同行したときのエピソードを残している。

「当代（後醍醐天皇）が、いまだ東宮坊におはしますころ、
――堀川の大納言殿（具親）が伺候し給ひし（伺候されたときに）、
御曹司（控室）へ（私が）用ありて参りたりしに（お伺いしたところ→実は、控えていて）、
（大納言は）論語の四・五・六の巻をくり広げ給ひて（広げていて）
『ただいま、御所にて（東宮が）、〝紫の、朱奪ふことを悪む〟という文を御覧ぜられたきこ
とありて（ご覧になりたいと言っているが）、
御本を御覧ずれども、御覧じ出されぬなり（本のどこにあるかわからない）。
（御所が）〝なおよく引き見よ（よく調べてくれ）〟と仰せになって、もとむるなり（という
ものだから、調べているのだ）』と（困って）仰せられるので、
（わたしが）『九の巻のそこそこの程に侍る（ございます）』と、（具親様に）申し上げると、

（若殿は）『あなうれし（よかった。ああ、うれしい）』と言って、九の巻を持ってまいりました」（二三八段第二項）と、自慢している。

◆堀川具親は、その後、順調に官途を歩む

一三二三年三〇歳で、権大納言に昇進している。

◆金沢貞顕は、六波羅探題北方・長官として再上京

一三一〇年（延慶三年）幕府幹部から嘱望される金沢貞顕は、六波羅探題北方・長官として再上京した（一三一四年《正和三年》まで）。

一三一一年（延慶四年・応長元年）金沢貞顕の庶子・顕助《けんじょ》、仁和寺・真乗院の少僧都になる。同じく一三一一年執権・北条師時、前執権・貞時、ともに死す。

このとき、貞時の嫡子・高時は、いまだ九歳。執権職は一族の、北条宗宣、熙時、基時等

らが承継した。

◆兼好、仁和寺・真乗院に住む

一三一二年（正和元年）春、兼好は金沢貞顕（六波羅探題・北方長官）の被官となり、金沢貞顕の右筆である兄・兼雄の下で彼の仕事を助けていたが、兼好は「和歌に専念したい」と六波羅を辞することを兼雄に伝えた。

兼雄からこれを聞いた金沢貞顕は、

「ぜひ仁和寺・真乗院に入ってもらいたい。同院には自分の子・顕助《けんじょ》、貞助《ていじょ》の兄弟を入れているので、彼らの後見をして欲しい」と言うのであった。

仁和寺は右京区御室にあり、北山の山並みが近くまで迫っている。「仁和の帝」と呼ばれた光孝天皇の勅願寺で、真言宗御室派の総本山である。同寺で出家した宇多上皇は、九〇四年（延喜四年）仁和寺境内に南御室《みなみおむろ》という建物を作り、ここを居所としたので、「御室」は仁和寺の異称となった。

金沢貞顕は京都に常在光院を建立した（兼好は、常在光院については「撞き鐘の銘」の話を書いている〈二三八段第三項。後出〉）ほか、仁和寺内の真乗院に、庶長子である顕助権僧正《ごんのそうじょう》（一二九五―一三三〇年）、同次子・貞助少僧都を入れており、兼好は日頃、金沢貞顕の被官として、同院を所用で訪れることも多かった。

この二人の子について、

『あるとき、顕助僧正、貞助少僧都と一緒に、大内裏の真言院で行なわれる「加持香水の儀式」に行ったところ、弟・僧都が行方不明になってしまい、皆困っていたところ、兼好が（旧知の僧都を）探し出して、連れ帰った』（二三八段第六項）出来事を自慢げに書いている。

◆堀川家に、仁和寺への転居を報告する

兼好は、仁和寺・真乗院への転居を報告するため、堀川具守に伺候した。

兼好「大殿《おおとの》、このたび和歌の方に専念しようと六波羅の勤めを辞め、金沢貞顕様のご子息・顕助様らがおられる仁和寺・真乗院に入ることになりました」

具守「兼好《かねよし》は、金沢貞顕様を存じ上げているのだな。それもよいだろう。兼好《かねよし》の和歌は進境著しいものがある。さらに磨きをかけたいのであるか。それもよいだろう。金沢貞顕様には、具親のこともよろしく伝えてくれ」

これを側で聞いていた具親は、

「兼好《かねよし》、私も折りに触れて、真乗院に寄せてもらう。顕助様にも一度お会いしたいものだ。兼好、お話しておいてくれ。今後もいろいろ相談させてもらうぞ」

兼好「皆様、ありがとうございます。私がお頼みするのはこの堀川家のみでございます。今後ともよろしくお願いいたします」

◆仁和寺の人々

兼好は、居を定めた真乗院の他、日ごろ耳にした仁和寺の人々の話をいろいろと書き残している。

五二段の『仁和寺にある法師、年寄るまで岩清水を拝まざりければ、心うく覚えて――』では、石清水八幡宮にお参りはしたものの、奥の院には行かず帰ってきた法師のことをユー

モラスに書き、

五三段の『これも、仁和寺の法師、童の、法師にならんとする名残とて（別れを惜しんで）、——酔いて興にいるあまり、かたはらなる足鼎《あしながえ》をとりて、頭に被ずきたれば——』は、調子に乗って足鼎をかぶって遊んだ稚児が、その後かぶった足鼎を取ろうとするがどうしても取れず、医師も匙を投げ、やむなく強引に引き抜いてもらい、大けがをしたという悲劇を書いている。

◆仁和寺の「稚児」

ここに出てくる「童」（稚児）は、寺内での様々の奉仕や数多《あまた》いる僧たちへの連絡などに当たる、ほぼ一〇代前半までの貴族出身の少年たちである。その姿は、眉を引き顔に紅や白粉を引くといったもので、女のいない寺内ではその代わりを期待される怪しい存在でもあったようだ。

「いみじき児（かわいい稚児）」を誘い出そうとする法師たちの姿を、兼好は、

『御室《おむろ》にいみじき児（非常にかわいい稚児）のありけるを、

いかで誘ひ出して遊ばむと企む法師どもありて、能ある遊び法師どもなど語らひて、風流の破子やうの物（しゃれた仕切りのある弁当箱のような物）を懇ろにいとなみ出でて（作り）、箱風情の物に認め入れて、双《ならび》の岡《おか》の便よき所に埋め置きて、紅葉散らしかけなど（して）、思ひ寄らぬさまにして（だれにもわからないように隠して）、御所に参りて（仁和寺に戻って）、児《ちご》をそそのかし出でにけり（宝探しに行こうと誘った）。

（連れて行った法師どもは）うれしと思ひて（稚児を連れ出したことがうれしくて）、ここかしこ遊び廻りて――木の葉をかきのけたれど、つやつや物も見えず（隠したものがみつからない）。

――（どうやら、法師どもが）埋めけるを人の見置きて、御所へ参りたる間（法師どもが仁和寺に行っている間に）に盗めるなりけり。法師ども言の葉なくて、聞きにくく諍ひ、腹立ちて帰りにけり。あまりに興あらんとする事は、必ずあいなきものなり（むやみに興を求めてあれこれすると結局つまらないことになる）』（五四段）と書いている。

ここでは、「寺内にいる「いみじき児」を巡る法師同士の奪い合いのような様相もひそかに窺われるのである。

◆兼好、再度関東に下向する

一三一二年（正和元年）兼好、三〇歳。再度関東に下向した。

鎌倉にいる堀川基俊は、兄・具守から「兼好に和歌の道を極めたいという気持ちがある」ことを聞いて、「見聞を広げさせてやろう」と兼好を鎌倉に招いたのである。

◆清閑寺の道我《どうが》僧都

旅支度を整えた兼好は東山にある清閑寺《せいがんじ》に立ち寄り、同寺の道我《どうが》僧都に下向の挨拶を行った。『家集』には、

「あずま（関東）へまかり侍りしに、清閑寺に立ち寄りて、道我僧都に会ひて、『秋（に）は帰り詣で来べき』よし、申し侍りしかば、僧都は、（驚いて）、
（六八）『限り知る命なりせば、めぐり会わん　秋ともせめて契りおかまし』
（秋までには必ず帰ると約束しておきたいものですね）という。

兼好は、これに、

「(六九)『行く末の命を知らぬ別れこそ　秋ともちぎる頼みなりけれ』(いつまで持つかわからない命の別れですから、秋にはまた会いましょうと言ってくれる、あなたのお約束は、私の頼みになります)」と、応えた。

道我は、兼好とほぼ同年配の歌友であり、語り合うことのできる、「心友」の一人であった(一三四三年没)。家集に『権僧正道我集』がある。

道我は藤原内麻呂公流れ、聖誉律師(東寺)の子で、『尊卑分脈』には、「権僧正聖。仁和寺・無道院住八坂大覚寺門侶吉祥恩院」と記されており、のち東寺長者となる(一三三四年・建武元年)。「高倉の院の法華堂の三昧僧、某の律師とかやいふ者」(一三四段)、「清閑寺の僧正」(一六〇段)とは、この道我のことである。

清閑寺には、一一八一年に没した高倉上皇の御陵が置かれている。

兼好は彼が僧正として説いた法話を書き留めている。道我は、

『――賢げなる人も、人の上をのみはかりて、己れをば知らざるなり。我を知らずして、外《ほか》を知るという理《ことわり》あるべからず。されば、己れを知る(人)を、物知れる人といふべし。

――及ばざる事を望み、叶わぬ事を憂い、来たらざる事を待ち、人に恐れ、人に媚ぶるは、人の与うる恥にあらず、貪《むさぼ》る心に引かれて、自ら身を恥ずかしむるなり。貪る事の止まざるは、命を終うる大事、今ここに来たれりと、確かに知らざればなり』（一三四段）と語り、「人は自己を知り、自己の力の中で真っ直ぐ歩んでいけばよいのだ」と説く彼の哲学に兼好は共感していた。彼の身が引き締まるほどまっすぐな話は、別の歌友である頓阿（後出）のもつ軽み・面白みとは異なる、別の共感を兼好に与えてくれるのである。

「いずれ自己の家を構え、和歌で生きていきたい」と、兼好が語ったとき、背を押してくれたのも彼であった。

◆東海道の旅

前回の下向（一三〇四年《嘉元二年》兼好、二一歳）では、金沢・称名寺の旧師・審海の葬儀での挨拶、金沢にいる母との再会らが目的で心急くものであったが、今回の下向では東海道を歩き歌人としての見聞を深め、鎌倉で基俊に今後の方針を報告することなどが目的であった。

兼好は京都を起ち関東に向かう先々で、移り変わりいく東海道の景色に思いを託して、様々に詠っている。

「道（東海道）にて読める

(七〇)『峰《みね》の嵐浦曲《あらしうらわ》の浪も聞き慣れぬ（やまの嵐も、海のなみの音もようやく聞き慣れたよ）変わる旅寝《たびね》の草の枕に』」

これは出発に当たっての決意である。

旅はようやく関東《あずま》に至り、是非また見たいと望んでいた富士山が視野に入ってきた。兼好は富士山の雄姿を宿の軒から眺め見て、

「東（あずま）にて宿のあたりより、富士の山の、いとちかう見ゆれば

(七一)『都にて思ひやられし富士の峰《ね》を　軒端《のきば》の丘《おか》に出でて見るかな』

「海のおもての、いとのどかなる夕暮れに、かもめの遊ぶを（見て）

(七二)『夕凪は波こそ見えねはるばると　沖のかもめの立ち居のみして』」

さらに進んで、

「こよろぎの磯（今の、大磯のあたりか）といふところにて、月を見て
（七三）『こよろぎの磯より遠く引く潮に　浮かべる月は沖に出でにけり』」
自己の故地である金沢で、として、前出の
「武蔵の国、金沢といふところに、昔住みし家の、いたう荒れたるに泊まりて、月赤き夜
（七四）『ふるさとの浅茅《あさじ》が庭の露のうえに　床は草葉《くさば》と宿る月かな』」
を入れているが、これは兼好の最初の下向の際、金沢に母の住む旧宅を訪れたときのことを回想して詠んだもので、『家集』内の順序の都合上ここに置いたものであろう。
「相模《さがみ》の国いたち河といふところにて　このところの名を句の頭《かしら》に据えて旅の心を（詠む）
（七五）『いかに我が発ちにし日より塵《ちり》のゐて　風だに寝屋を払はざるらん』」
ここで、各句の頭を集めると、「い」・「た」・「ち」・「か」・「わ」となり、説明の「いたち河」にかけているのである（「いたち河」は、鎌倉・本郷村上野山に発し、西流して豊田村に至り、柏尾川に合する、のだという）。

このあと、

「清見《きよみ》が関《せき》にて（詠める）

（七六）『清見潟《きよみがた》波ものどかに晴るる日は　関《せき》よりちかき美保の松原』

田子の浦（にて詠める）

（七七）『田子の海人《あま》の焼く塩釜は富士の峰の　ふもとに絶たぬ煙《けぶ》りなりけり』

（富士の峰の麓では、海人の焼く塩釜から白い煙が立っている）」と、詠い、

宇津の山に差し掛かったときは、

「一年《ひととせ》（＝先年は）夜に入りて、宇津の山をえ越えずなりにしかば（越えることができなかったので）、麓なる賤《あや》しの庵に立ち入り侍りしを（一夜を過ごしたものだが）、このたびはその庵の見えねば

（七八）『一夜《ひとよ》寝し茅《かや》の丸屋《まろや》の　あともなし夢かうつつ（現）か宇津の山越え』」と、

前回の関東《あずま》下向の時に泊まった「茅の丸屋」の姿を見ることが出来ず、やはり時が経つと様子はすっかり変わってしまうものだな、と驚いている。

◆東海道を下向する女の旅

ほぼ同時代の関東に下向する女の旅の様子を、「二条」という女房（宮廷の女官）が、『とはずがたり』という自叙伝の中に書いているので、紹介しよう。

『――東は、武蔵の国、隅田川を限りにたずねみしかども、――

――あちこちさまよひ侍れば、あるときは僧坊にとどまり、あるときは男の中に交はる。

三十一字の言の葉を述べ（和歌の道を教え）、情けを慕ふ所にはあまたの夜を重ね、日数を重ねて侍れば、怪しみ申す人、都にも田舎にもその数侍りしかども、

修行者といひ、梵論梵論《ぼろぼろ》（＝半僧半俗の浮浪者）など申す風情の者に行き合ひなどして、心のほかなる契りを結ぶ例《ためし》も侍るとかや聞けども――』（巻四・二三）と、旅の途上では様々の男達との出会い、危険な男女の交わりがあることを赤裸々に書き残している。また、この「ぼろぼろ」は、兼好も実際見ているので、あとで触れることになる。

この「二条」という女性は、大納言源（久我）雅忠の娘、久我太政大臣・通光の孫であり、↓ということは、堀川家の縁者である。この女性は若き日に、のちの最高実力者・西園寺実

兼と関係を持ち、昭訓門院という娘を生んでいる。この昭訓門院に仕えた女房の一人が「昭訓門院の春日局」で、兼好の和歌の師・二条為世の娘である。

◆鎌倉に着く

鎌倉に着くとただちに、若宮大路にある幕府を訪れた。堀川基俊に挨拶しなければならない。基俊は、一二八九年から関東に下って以来一三年、鎌倉の亀ケ谷《かめがやつ》にある将軍御所にあって、現・鎌倉将軍・守邦親王（父は、久明親王）の後見役として堂々の勢力圏を作っていた。後、ここに亀谷家を興している。

兼好が「たった今、鎌倉に着きました。ご無沙汰しております。お元気そうで、何よりうれしうございます」と始めると、

堀川基俊「兼好《かねよし》、着いたか。よく来たな。久しぶりである。私は時々将軍様のご用で京に行くことがあり、そのときにお前たちにも会っていろいろ話をしようと思ったものだが、なかなか時間がとれず、それも叶わなかった。

お前は、鎌倉は二回目になるな。前に来たときとはずいぶん様子が変わっておるぞ、まあ、ゆっくり案内してやろう」

兼好が京都の堀川家の近況を報告しようとすると、基俊は、

「待て待て。まずは私の家に行って、休んでおれ。私も楽しみに待っていたのだ。きょうは早々に切り上げて、帰る。ところで、兼雄のせがれ・四郎も呼んでおいた。今宵は存分に京の話をいたそうぞ」と言った。

◆その晩、基俊邸で

京都の話などがひとしきり済んだところで、

基俊「承久の合戦《いくさ》と言えばな、鎌倉の御家人は酒の席で興が乗ってくるとな、合戦の時の尼将軍様のお話を尼将軍様の声色をまねて語るのだ。中には、わざわざ白い頭巾を被って語るものさえいる。これがまた、面白くてな。私も初めて聞いたときはひっくり返りそうになるくらい驚いたものだ。ははは。

これが話が後半に入るとな、次第に皆、声をそろえて大合唱になるのだ。これは京の人は

知らぬであろうな。四郎、今宵はお前が演じるのだ」
四郎「基俊様、ありがとうございます。基俊様のお言葉は、父のことば。父から仕込まれた倉栖家の語りをお目に掛けましょう。ぜひ、ご期待下さい」
兼好「私も、御家人たちの語りの話は初めて伺いました。これは楽しみですね」
　まもなく、
基俊「では始める。家中の者を集めよ」

　四郎は力強く語りはじめた。

「――時は、承久三年五月一九日、尼将軍様は、お集めになった御家人達を前にして――」

　途中から北条政子の声色に切り替えて語った。

『皆、心を一つにして奉《うけ》たまはるべし、これが最後の詞《ことば》なり。

故右大将軍《こうだいしょうさま》（＝頼朝）、朝敵を征伐し、関東を草創してより以降、官位といい、俸禄といい、その恩、すでに山岳《やま》よりも高く、溟渤《めいぼつ》（＝大海《うみ》）よりも深し。報謝の志、浅からんや。

而るに今、逆臣の讒《そしり》に依りて、非議の綸旨を下さる。

名を惜しむの族は、早く（藤原）秀康、（三浦）等胤を討ち取り、三代将軍の遺跡を全うすべし』

（ここで、四郎はさらに声を高めて）

『ただし、院中に参らんと欲する者は、只今申し切るべし。――』

実際、これを機に東国一五カ国の御家人、総勢二〇万人が東海道を駆け上がり京に殺到したのであった。


基俊「尼将軍様という人は、大したものである。

また、御家人たちは皆、関東《あずま》から京まで所従、郎党を引き連れて、走りに走ったのだから、それは大変だったたであろう。それぞれの家の浮沈がかかっていたわけだからな」

兼好「まことに、仰せの通りでございましょう」。

兼好にとって、「関東《あずま》の父」とも言える堀川基俊との心温まるゆうべであった。

◆大仏貞直家の歌会に臨む

鎌倉、金沢では、兼好に各所から「歌会に来てほしい」の声が掛かった。

平（大仏）貞直朝臣家に呼ばれたときは、

「平貞直朝臣家にて、歌よみしに、旅宿のこころを（問われて）（二四〇）『ふるさとは慣れぬあらしに道絶えて　旅寝にかえる夢の浮き橋』」と、詠んでいる（大仏貞直はその後、一三三三年（元弘三年）新田義貞との戦いにおいて戦死している）。

◆仁和寺・真乗院にて出家する

一三一三年（正和二年）兼好、三一歳。

帰洛した兼好は仁和寺内の真乗院に戻り、小院を与えられた。出家した形になるので、この頃から兼好は「兼好御房（法師）」と呼ばれるようになった。

兼好に和歌の指導を乞うものもあったが、同院内では大っぴらに行なうことはできなかった。

この年、堀川具守は、内大臣に昇進している。

◆兼好、道我を訪ね、関東での見聞を語る

帰洛後兼好は、東山にある清閑寺に道我《どうが》僧正を訪ね、縁側に並び座り、懇談した。

道我は、心友・兼好の帰洛を大いに喜んだ。

道我「おお、兼好どの、無事に帰って来られたか。本当によかった」

兼好「道我どの、道中の心配をしてくださるのはありがたいが、私は今、歌で生業《なりわい》を立てているとはいっても、私とて武士の家の生まれ、ご安心下されよ」と、笑って答えた。

兼好が関東に残る大晦日の魂祭りのことに触れて、

「折節の移り変わるこそ、物毎にあはれなれ。——

——(東国《あずま》の土産話ということで、今もなお関東《あずま》に残る、大晦日の魂祭りにも言及して)、

——『亡き人のくる夜とて、魂祭るわざは、このごろ、都にはなきを、

あずまのかたには、なほすることにてありしこそ、あはれなりしか』(一九段)と言うと、

道我「やはり、関東《あずま》にはまだ、大晦日の魂祭りは残っているのですね」と言う。

兼好は、関東のみやげ話を語るなかで、自分が関東《あずま》で見た「ぼろぼろ」の敵討ちの話を道我に伝えている。

『宿河原（現在の川崎市宿河原あたり）といふ所にて、ぼろぼろ（梵論梵論＝非僧非俗の無頼乞食の類で、徒党を組み、山野に放浪した人々）、多く集まりて、九品《くほん》（＝九つの階級）の念仏を申しけるに（極楽往生の念仏をしていたところに）、

外より入り来たるぼろぼろの、

「もし、この御中に〝いろをし坊〟と申すぼろやおはします」と尋ねければ、その中より、「〝いろをし〟、ここに候ふ。かくのたまふは、誰ぞ」と答ふれば、

「〝しら梵字〟と申すものなり。己れが師、なにがしと申しし人、東国にて、〝いろをし〟と申すぼろに殺されけりと承《うけたまわ》りしかば、その人に逢ひ奉りて、恨み申さばやと思ひて、尋ね申すなり」と言う。いろをし、「ゆゆしくも尋ねおはしたり。さること侍りき。――」

――（ここで、二人は、前の河原に出て闘い、相果てた、という）――

ぼろぼろといふもの、昔はなかりけるにや。――世を捨てたるに似て（出家の風を装って）、

我執強く、仏道を願ふに似て、闘諍《とうじょう》（＝喧嘩・闘争）を事とす。放逸・無慙（勝手気ままで、恥知らず）の有り様なれども、死を軽くして、少しもなずまざるかたの潔く覚えて（死ぬことを少しも恐れず、少しのこだわりも持たないことを自慢に思っている）――』（一一五段）

道我「そうそう、私も『ぼろぼろ』というもののことを聞いておりまして、どのようなものか気になっておりました。御房は実際に見てこられたのですな」

兼好「まあこの通り、悲しいものでございました」

◆山科国の山科小野庄に水田一町を買う

兼好の兄・兼雄は、京都の近郊に所領など購入して定期的な収入を得て母の生活の資とするようにと、兼好に金を贈っていた。

一三一三年（正和二年）九月兼好は、東山の南方にある山城国の山科小野庄にある水田一町歩を、前内大臣である六条三位・藤原有忠から、九〇貫文で買い取った。

このことは、一三一三年（正和二年）九月の『大徳寺文書』の中に、

『沽却田《こきゃくでん》の事　合せて壱町　山城国山科小野庄に在り　里坪四坪——

——右、件の田は、——直銭九拾貫文を以て永代を限り、兼好御房に沽却し奉る所也』と記録されている。ここで「沽却」とは、完全に売り払う（↓買い取る）ことで、「兼好御房」とは兼好のことである。

六条家は堀川家と同じく久我家の流れであり、兼好のことを知る有忠は兼好が所領を求めていることを知り、自己の所領の一部を譲渡したのであった。六条有忠は後二条天皇の皇子・邦良親王と親しく、のち同親王のため奔走する人物である。のち、邦良親王の逝去を知ると、そのまま出家してしまった（『増鏡』）。

一三一四年（正和三年）一一月金沢貞顕、六波羅探題を辞任して鎌倉に帰る。兼雄も随従した。

一三一五年(正和四年)七月金沢貞顕、連署になる。連署は副執権とも言うべき重職である。

◆堀川内大臣・具守、死す

一三一六年（正和五年）一月兼好、三三歳頃。

堀川内大臣・具守、没す。享年六八歳。具守は堀川家の愛宕・上賀茂の岩倉にある山荘に葬られた。具守は、兼好が一五歳の時から仕えた、（倉栖家の実父、卜部家の養父に次ぐ）第三の父であった。後二条天皇（＝邦治親王）の外祖父として内大臣まで上り詰めた、堂々の人生であった。兼好は喪主・具親（このとき、二三歳）を助け、この葬儀に関与した。

兼好は葬儀の後自己の小院にこもり、具守からもらった手紙や道具の類いを取り出して、具守に仕えた日々を回想した。

『静かに思えば万《よろず》に、過ぎにし方の恋しさのみぞ、せんかたなき。

人、静まりて後、長き夜のすさびに（なぐさめに）、何となき具足（道具の類）とりしたため、残し置かじと思ふ反古など破り棄つる中に、亡き人（具守）の手習ひ、絵描きすさびたる、見出でたるこそ、ただその折りの心地すれ。――手馴れし具足なども、心も無くて変わらず、久しき、いと悲し』（二九段）と、過ぎた日々を振り返るのであった。

具守の弟で鎌倉将軍の補佐をしている堀川基俊も後日、鎌倉から駆けつけ兼好に声をかけた。

「兼好《かねよし》、よく具親を助けて、葬儀を進めてくれた。何日もの間、ご苦労であった。僧都どももお前の差配がまったく気が利いていてよかった、と褒めていた。兄の具守がすでに伝えているとは思うが、鎌倉にいる私に代わって、今後も具親の後見《うしろみ》となってくれ」

兼好「もったいない、お言葉でございます。わたしなどでは役不足というものでございますが、精いっぱいお勤めさせていただきます。具親様は現在、立派に官途に励んでおります」

堀川具親は、一二九三年年生まれ。兼好より一〇歳若い。この後、紆余曲折を経て、一三三〇年大納言（三七歳）、一三三九年内大臣（四六歳）、と昇進を続ける。

堀川具守の死後、終生官人として歩む堀川具親にとって、従兄弟の後二条天皇、父・具守の両者亡き後、堀川家のゆかりは、鎌倉に叔父の基俊はあるものの、京都では兄とも頼む兼好のみであり、兼好は重要な相談相手であった。

◆具守の四九日の墓参の集まりで

兼好は具守の四九日の集まりで、具守の墓を訪れた時のことを回想して、次のように書いている。

『人の亡き跡ばかり、悲しきはなし。中陰のほど（死後四九日の間）、山里などに移ろひて、便悪しく、狭き所に数多《あまた》会ひ居て、後のわざども営みあへる、心あわただし。日数の速く過ぐるほどぞ、ものにも似ぬ。

果ての日（四九日の当日）は、いと情けなう、互ひに言ふこともなく、我賢げに物ひきしたため（自分だけ賢げに荷物などまとめて）、ちりぢりに行き分《あ》かれぬ。もとの住みかに帰りてぞ、さらに悲しきことは多かるべき。

——亡骸は気《け》うとき（人気のない）山の中に納めて、然《さ》るべき日ばかり（しばらく経ってから）詣でつつみれば、ほどなく卒塔婆も苔むし、木の葉降り埋みて、夕べの嵐、夜の月のみぞ、言《こと》訪ふ縁《よすが》となりける。——』（三〇段）

ここは、『徒然草』屈指の名文である。

◆幕府が傾く

一三一六年（正和五年）、一四歳の北条高時が執権に就任した。高時を支えたのが京都から帰った連署の金沢貞顕、内管領の長崎高綱らであった。

時代は、所領を失う御家人らが増加し、幕府の統制は利かず、悪党・海賊の跳梁はとどまるところを知らず、という不穏な世上であった。

◆「延政門院の一条」に出会う

一三一七年（文保元年）春、兼好、三四歳。兼好は堀川具守の一周忌に参加して、「延政門院の一条」と会い、歌を交わした。

◆延政門院

延政門院（一二五九―一三三二年）は、後嵯峨天皇の皇女、悦子内親王である。このとき、五八歳。後嵯峨天皇は、堀川具守の娘・基子が妻になっている後宇多上皇の祖父に当たるから、門院は、甥の妻にあたる基子の父・具守の一周忌に参加したのである。

◆延政門院の一条

この延政門院に仕える女房（女官）である一条はこの頃、三〇歳位。基子が堀川家から門院のもとを訪うとき、兼好は基子に随身することも多く、この時に両者は出会い、気持ちの通じることを感じたのである。以来、兼好は一条の家に通い、一条は兼好の妻になった。

兼好は一条の家で聞いた延政門院の幼い頃の話を紹介している。

一条「幼かったころの門院はお母様の家で、父・後嵯峨天皇の訪いを待つ気持ちを、『ふたつ文字（こ）、牛の角《つの》文字（ひ）、直《す》ぐな文字（し）、歪《ゆが》み文字（く）とぞ、（まとめる

と↓「恋しく」）君は覚ゆる』って、言ったんですって。かわいいでしょ」（六二段）
兼好「かわいい盛りと言ったところだな。一条、今の話の続きをまた、聞きに来てもよいだろうか」
一条「いつでも、お待ちしていますわ」

兼好は堀川具守の一周忌に、愛宕・岩倉にある山荘に赴いたときのことを歌一首に蕨を添えて、一条に伝えている。当日は冷たい雨の降る、春のひっそりと寂しい一日であった。
「堀川の（具守）大臣《おほいまうちぎみ》を、岩倉の山庄に納めたてまつりにし、またの春、その辺りのわらびを採りて、雨降る日（一条に）申しつかわし侍りし
（六五）『さわらびの萌ゆる山辺を来てみれば　消えしけぶり（煙り）の跡ぞかなしき』
（ここで、「萌ゆる」は「燃える」、下の「けぶり」は、亡骸《なきがら》の火葬の際の白い「煙り」に掛けているのである）
（返し）「雨降る日」として、一条は、
（六六）『見るままに涙の雨ぞ降りまさる　きえしけぶり（煙り）の跡のさわらび』」
と返し二人の心の通い合う一首である。

◆北条高時が執権に就任

この頃、鎌倉では、一三一六年（正和五年）七月得宗出身の北条高時が執権に就任した（一四歳）。彼は、『すこぶる亡気の体にて』（『保暦間記』）、日々田楽や闘犬に明け暮れており、連署で一族の金沢貞顕、内管領の長崎高綱らが補佐にまわったが、北条家、幕府の内部も混乱するようになった。

第三章　歌人としての時代

◆後醍醐天皇の登場

一三一七年（文保元年）花園天皇在位が九年をすぎた頃、幕府は京都に使者を送り、対立する大覚寺統（惣領・後宇多上皇）、持明院統（同・伏見上皇）に対して、皇位継承に関する幕府案（「文保の和談」）を明らかにした。

それは、

「一、花園天皇が譲位し、皇太子・尊治親王が践祚すること。

二、今後在位は一〇年とし、両統交替すること。

三、次の皇太子は邦良《くになが》親王（故・後二条天皇の子）とし、その次を後伏見上皇の第一皇子・量仁《かずひこ》親王とすること」というものであった。

両統はやむなくこれを呑んだものの、両統においてさらに分裂の可能性をはらむものであった。

一三一八年（文保二年）二月、大覚寺統の攻勢の中、花園天皇が退位すると、尊治親王は後醍醐天皇として即位した。三一歳という異例の高齢であった。このとき、父君・後宇多上皇が新たに院政を始め、政務を見た（治天の君）。

三月東宮（皇太子）には邦良親王が充てられた。これを補佐する、東宮・太夫《だいぶ》には洞院《とういん》公賢《きんかた》、二七歳。

これに次ぐ、東宮・権太夫《ごんのだいぶ》には、兼好が後見する堀川具親（二四歳）が補せられた。これは、すでに宮廷からは離れているとは言え、堀川家の縁に連なる兼好にとって心に日が射す出来事であった。

◆邦良親王、具親らと連歌を楽しむ

『兼好家集』には、東宮邸で開かれた秋の月夜の連歌の席で、邦良親王が側近の五辻少将・藤原長俊、堀川具親、それに兼好も呼び、連歌の宴を楽しむ様子が書かれている。
「前の坊（邦良親王）の御前《おんまえ》に、月の夜、権太夫殿（具親）などさぶらはせ給ひて、御酒《みき》などまいりて、ご連歌ありしに（ご連歌をなさっているときに）、けんこう（兼好）候《さぶらふ》よし、人の申されたりければ（兼好が参っておりますと、前の坊にお伝えするものがあって）
御さかづきをたまはすとて（お前も入って、一杯やれと言われて）
（邦良親王が）（二七六）『待てしばし廻《めぐ》るは易き小車《おぐるま》の』と言い置かれて、（具親様が兼好に）「句を付けてたてまつれ」と仰せられるのだが、（兼好は遠慮して）立ち走りて退出しようとすると長俊朝臣が引きとどめて、「これ、兼好、早く付けよ」とせめるので、（兼好は）（二七七）『かかる光の秋にあうまで』と申し上げました」
懐かしい、楽しい晩であった。

◆倉栖兼雄、四二才の若さで急死する

一三一八年（文保二年）五月、兼好三五歳。母・随了尼のもとに、六波羅を通じて「倉栖兼雄、死す」の報が届けられた。四二才の若さであった。兼好は兄・兼清、母とともに、兄の突然の死に涙を流した。

◆双の岡の無常所

仁和寺の南方にこんもりと木々の茂った小高い丘陵がある。それは古代から築かれてきた古墳群でも有り、墓地として使われていた「双《ならび》の岡《おか》」である（五四段）。

兼好はここに、「無常所」（墓地）を購入した。兼雄の分骨、母や自己のための用意である。「双《ならび》の岡《おか》に無常所まうけて、かたはらに、桜を植へさすとて

（一九）『契りおく花とならびの岡の辺《へ》に　あはれ幾世《いくよ》の春を過ぐさむ』」

◆具親は、岩倉に蟄居を命じられる

同年七月頃、大事件が出来《しゅったい》した。東宮権大夫・堀川具親は、後醍醐天皇が寵愛する大納言・万里小路《までのこうじ》（＝北畠）師重の女《むすめ》である「大納言《だいなごん》の典侍《すけ》」を横取りして、宮中から姿を消させてしまった。

八月具親は天皇の処分を受けて解職された上に、謹慎・蟄居を命じられ、堀川家の岩倉の山荘に移ったので、具守から具親の後見を依頼されていた兼好は、真乗院の小院を出てこれに随伴することにした。具親の後任は、兼好にあの小野庄の荘園を売ってくれた六条有忠である。結局、この謹慎・蟄居は長引き、約一年に及んだ。

◆岩倉蟄居の頃

この頃兼好は、具親の無聊を慰めるため、世間の様々の話や、自分の経験した事実を具親に話すことにした。兼好は、具親の「大納言の典侍」への傾倒ぶりに理解を示すものの、そこは押えなければならない限界があることを、自分の昔の経験を織り交ぜて、具親に話している。

「若さというものがついつい女に向かうのは、これはもう押えようのないもので仕方がないが、ここはしばらく自重することにいたしましょう」と。

謹慎後まもなくの頃、具親に、

『世の人の心まどはすこと、色欲には如かず。人の心は愚かなるものかな。匂ひなどは仮のものなるに、しばらく衣裳に薫《た》き物《もの》（＝合わせ香）すと知りながら、えならぬ匂いには必ず心ときめきするものなり。

久米の仙人の、物洗ふ女の脛《はぎ》の白きを見て、通《つう》を失ひけんは、まことに手足、肌へなどの清らに肥え、脂《あぶら》づきたらんは、外の色ならねば、さもあらんかし』（八段）と語り、さらに

『――まことに、愛著の道、その根深く、源遠し。

――その中に、ただ、かの惑ひの一つ止めがたきのみぞ、老いたるも、若きも、智あるも、愚かなるも、変るところなし見ゆる。

されば、女の髪すじをよれる綱（つな）には大象もよくつながれ、女の履ける足駄にて作

れる笛には秋の鹿、必ず寄るとぞ言ひ伝え侍る。自ら戒めて、恐るべく慎むべきは、この惑ひなり』(九段)などと続け、自重をもとめた。

具親「わかった、わかった。まったく、兼好《かねよし》にかかると、私など盛りのついた『秋の鹿』にされてしまうよ。ははは」

◆具親、大納言の典侍に会いに行く

九月下旬、具親が「どうしても大納言の典侍に会いに行きたい」と言い張るものだから、やむなく具親の供をしてお忍びで、出かけることになった。

『九月二十日の比、ある人(具親)に誘われたてまつりて、明くるまで月見ありくこと侍りしに、(具親は)思し出づる所ありて、(わたしに)案内せさせて、入り給ひぬ。荒れたる庭の露しげきに、わざとならぬ匂ひ、しめやかにうち薫りて、忍びたるけはひ、いとものあはれなり。

よきほどにて(具親は)出で給ひぬれど、なほ、ことざまの優に覚えて、ものの隠れよりしばし見ゐたるに、(典侍は)妻戸をいま少し押し開けて、月見る景色なり。

――跡まで見る人ありとは、いかでか知らん。かやうのことは、ただ朝夕の心づかひによるべし』と書いた上で、（典侍の名を隠すために）『その人、ほどなく失せにけりと聞きはべりし』と、ぼかして書いている（三二段）。

兼好は大納言の典侍のことが気に入っており、具親たちの逢瀬のことを書き残しておきたかったのである。

◆千本釈迦堂で誘われて

大納言の典侍の家から帰宅後、兼好は具親に、

「やはり、『若き時は、血気《けっき》内に余り、心ものに動きて、情欲多し。身を危《あやぶ》めて、砕けやすきこと、珠（たま）を走らせるに似たり。――身を誤つことは、若きときの仕業なり』（一七二段）ということです。お気をつけなさいませ」と言ったところ、

具親から「お前だって、若い頃は我慢できなかったことだってあっただろう」と逆襲されたので、

兼好「私などは女に言い寄られても、我慢したものです」と答えて、昔の経験した話を披露

した。

『（大報恩寺・「千本釈迦堂」に参詣したときのことのことですが）

二月十五日《きさらぎじふごにち》、月明き夜、うち更けて、（わたしは）千本の寺（千本釈迦堂）に詣でて、後ろより入りて、独り顔を深く隠して、聴聞し侍りしに（説法を聞いておりましたところ）、優なる女の（すばらしい女で）、姿・匂ひ、人より殊なる（秀でる）ものが分け入りて、（わたしの）膝に居かかれば（乗りかかってきて）、匂ひなども移るばかりなれば、（私は）便悪しと思ひて（このままではちょっと具合わるいな、と思って）、すり退きたるに、なほ居寄りて同じ様なれば、立ちぬ（退いて帰りました）』（二三八段第七項）というと、

具親「そうか、美女が兼好の膝のうえに乗ってきたか。詳しいところを知りたいものだ。それから、どうしたのだ」

兼好「実は、後日談がございまして、その後、ある御所に長く仕える古女房から聞いたところによりますと、私が聴聞の場にいるのを見たある方が、自分に仕える容貌《かたち》の良い女房に、『兼好を誘惑して、その結果を報告せよ』と命じて、私の方に差し向けたもので、その女房も期待していたとのことで、私に逃げられて、わたしのことを『無下に色なき人におはしけり。——情け無し——』と恨み言を報告したとのことでございます」（同）

具親「そうか、そうか。しかし、あの聴聞の広間では暗くなるとそのまま男女入り交じって、闇の中で朝を待つことになるからな。中には、それを期待して詣でるものもいる。ふふふ」
兼好「私は、聴聞の闇の広間で、というのはどうも」
具親「そういうのは兼好の好きな形ではないというのだな。ふふふ」

◆「深草の女」に通う

さらに、具親は、兼好に、
「ところで、兼好《かねよし》は以前、妻にするほどではなかったようだが、『深草にいた女』の許に通ったことがあると言っていたではないか」と追及してきたので、
兼好は、「では、ちょっと古い話になりますが、お話しましょう」と、はじめた。
「深草に通ひしころ、あかつき（暁）、砧（きぬた）打つを
（一二）『衣《ころも》うつ夜寒の袖やしぼるらん　あか月露のふかくさの里』
（兼好は朝早く女の家を発つとき、女が夜、衣を打つ仕事をするときに女の袖は涙に濡れているのではないだろうかと、思いやったことである）と、深草の女のことを話した。

具親は「さすがに兼好《かねよし》だ。うまいものだ。感じが良く出ている。ところで、伏見の「深草」と言えば、藤原俊成が秋を詠った、『夕されば野辺の秋風身にしみて　うずら鳴くなり深草の里』は、よいなあ」
兼好「ご存知でありましたか。よい機会ですから、今後は和歌の話もしていきましょう」
具親「そうだな。先の仕事のためになる。よろしく頼む」

兼好は若い頃、堀川の家で具親に、
『和歌こそ、なほをかしきものなれ。あやしのしづ・山がつのしわざも、言い出しつればおもしろく、おそろしき猪のししも、『臥す猪《ゐ》の床』と言えば、易しくなりぬ』（一四段）などと言って、和歌の基本を教えていたのだ。

◆具親に乗馬を勧める

ある日、兼好は、ふさぎ込んでいる具親に乗馬をすすめた。蟄居・謹慎を命じられた具親をあちこち連れ回すわけにはいかず、若い具親には汗を流す運動を勧めたのである。兼好は武士の家の生れであったから、馬の扱いについては自信を持っていた。
具親「なに兼好《かねよし》、しばらくは私に、女より馬に乗って時間をつぶせ、というのか」(笑い)
兼好「ははは。若殿、その意気でございます。なにしろ、『蟄居』でございますから、遠くへ出かけて気分を変える、というわけには参りません。主上《おかみ》に見つかると、目の敵にされてしまいます。せめて馬ぐらいで、と思いまして」

そこで、兼好は乗馬を始めるについて、まず心得えておくべきこととして、
「馬の乗り手も名人になりますと、自分が乗る馬を見ただけで、癇の強い馬か、鈍感な馬かわかると言います」
具親「兼好が言っていた、鎌倉の安達泰盛(一二三一―一二八五年)殿のことであろう。ははは。覚えているぞ。馬を見て、癇の強い馬か否か、判ったというのであるな。大したものだ(一八五段)。

泰盛殿はあの霜月騒動でお亡くなりになった方であるな。あのときお前が生まれた倉栖家も大変な苦労を強いられたというではないか。まあ、わたしもせいぜい馬に乗るときは、よ

く周りのものの話を聞いて、乗る馬を選ぶことにしよう」

さらに、馬乗り名人の言を引いて、具親に伝えた。

「吉田と申す馬乗りの申し侍りしは、『馬（は）ことに強《こは》きものなり。人の力、争ふべからず、と知るべし。乗るべき馬をば、先ずよく見て、強き所、弱き所を知るべし。次に、轡《くつわ》・鞍の具に危うきことやあると見て、心に懸かることあらば、その馬を馳《は》すべからず。この用意を忘れざるを（真の）馬乗りとは申すなり』とのことでした」（一八六段）

具親「そうか。気をつけておこう」

兼好「ぜひ、そうなさいませ。具親様は、堀川家の大事なお柱になる人でございますからな」

◆落馬を予想する

具親は急に話題を変えて、「そういえば、兼好《かねよし》は昔からすこし先が見える力があったな」

兼好「恐れながら、そのようでございます」と、昔の話を始めた。

「（以前に）人をあまた連れて花見ありきしに（歩いたことがありましたが）、最勝光院の辺にて、（私は）ある男が馬を走らしむるを見て、皆に、『今一度《いまひとたび》馬を馳するものならば、馬倒れて、落つべし。しばし見給え』と言って、立ち止まって見ていたのです。

するると、男は馬を走らせまして、馬を止める所にて、馬を引き倒して、乗り手は、泥土の中に落っこちてしまいました。私の予言が当たったものだから、周りの人々はみな驚いていましたよ」（二三八段第一項）

具親は「大したものだな。きょうは、いろいろ勉強した。さっそくあすから、馬の方もしっかり取り組むつもりだ」と感心した。

兼好「よろしくお願いいたします」

◆兼好は多芸のひと

兼好は、多才・多芸の人であった。兼好は少年時代、金沢の称名寺において兄らとともに和漢の古典の指導をうけたが、特に習字は得意で、のち能書家としても知られることになる。

堀川家に仕えるようになってからは、諸道の先達を堀川家に招き、二人の若君とともに指導を受けたが、先ず理解・上達したのは兼好で、先達らが帰ってからは、兼好が二人を指導することが多かった。

兼好は言う、

『人の才能は、文《ふみ》明らかにして（古典を読み、理解すること）、聖の教えを知れるを第一とす。次には、手《て》（＝字）を書くこと、――これを習ふべし。学問に便りあらんためなり。次に、医術を習ふべし。――次に、弓射《ゆみい》、馬に乗ること、六芸（中国古代、士たるものが修めるべき六つの技芸、即ち、礼《礼法》・楽《音楽》・射《弓射》・御《馬術》・書《習字》・数《計算》）に出だせり。必ずこれをうかがふ（身につける）べし』と（一二二段）。

兼好は書について、常在光院に行った時、ここの撞き鐘の銘を書いた菅原在兼について語ったことなどを「自讃」の一事として、回想している（二三八段第三項）ほか、音楽にも親しんでおり、兼好が、のちの日比叡山・横川《よかわ》に行ったとき、顔見知りであった「行宣法印」から は、雅楽の音階の説明を受けた（一九九段）ことを書いている。

◆兼好、具親と今様を歌う

ある寒い日、読書にも集中できず、ぼーとして横になっている具親を見て、兼好は、

「若殿、きょうは、後白河院が好んだ『今様』の一つ二つ歌って、元気を出していただきましょう」と、声を掛けた。今様は、七五、七五、七五、七五で歌われる、当時の流行歌である。

具親「それはよいな。では、皆が知っているものから、始めるか。

『(若き女が)春の焼け野に菜を摘めば、岩屋に聖《ひじり》こそおはすなれ。ただ一人。野辺にてたびたび逢ふよりは、な、いざたまへ、聖こそ。あやしの様《よう》なりとも、わらはらが柴の庵へ』

――とな」

兼好も歌って、

「やはり野辺より柴の庵の方が、都合がよいのでございましょうな。ははは」

さらに続けて、

「後白河院様など、毎日歌い暮していたと言われておりますからな。

さて、後白河院といえば、あの、有名な歌がございます。
『美女《びんじょう》打ち見れば、ひともと葛《かづら》とも、なりなばやとぞ、思う（抱き合って一本のかずらの木のようになりたいものだ）。本より末まで縒《よ》られればや（頭のてっぺんから足の先まで、一つにからみついて、縒られてしまいたいものだ）。
切るとも、きざむとも、離れがたきは、わが宿世（たとえ切られようと離されようと、前世からの宿命なのさ）――』なんて」
具親「ははは。まあ、そういうことだろう」
兼好「だんだん盛り上がって参りましたな。こんなのはいかがでございましょうか。若殿もお得意の、『女の盛りなるは、十四、五、六歳、二十三、四歳とか。三十四、五にしなりぬれば、紅葉の下葉に異ならず』――とか」
具親「ははは。そうよ、そうよ。思わず手をたたいてしまうなあ」

日も傾いてきた頃、兼好は、
「きょうはすっかり、あっちのほうの話で盛り上がってしまいました。そろそろ、修行僧が子供たちが遊び楽しむ様子を見て歌ったという、あの『遊びをせむとや生れけむ』を歌って、締めることにいたしましょう」

二人は、

『遊びをせむとや生れけむ。たわぶれせむとや生れけむ。遊ぶ子供の声聞けば、我が身さへこそ揺るがるれ。(子供達の声を聞いていると、自然と自分の小さかった頃のことが思い出されて、うち震えてしまうものだ)』と繰り返して、二回も歌った。

具親「その修行僧の気持ちもわかる。泣けてしまうなあ。とにかくきょうは楽しかった。歌うというのは気分が晴れるものだ。兼好、また、やろうではないか。ともあれ、後白河院様もよく、今様を『梁塵秘抄』なんてものにまとめてくれたものだな」

兼好「さようでございますな。これがあるから私たちも今、こうして今様を歌えるのです。今様を集めさせた後白河院様のことを、ただ『遊び人』だの、『痴れ者』などと悪し様に言っては罰が当たるというものです」

具親「まったく、そうであるな」

兼好は、『梁塵秘抄』の歌が好きで、日頃、

『「梁塵秘抄」の郢《えい》曲(歌謡)の言葉こそ、また、あわれなることは多かんめれ(心に響く

ことは多いものだ)。昔の人は、ただ、いかに言い捨てたる言種《ことぐさ》も（言い捨てた言葉のようであっても)、また、いみじく聞こえるにや（すばらしく聞こえるではないか)』（一四段）と、言っていたのである。

一三一八年（文保二年）一二月金沢貞顕の嫡子・貞将、引付頭人に就任する。

◆堀川基俊、死す

一三一九年（文保三年）四月、兼好三六歳。鎌倉から、「将軍補佐・堀川基俊、死す」との悲報が届いた。

兼好は、具親とともに基俊を回想する。

堀川家ではいつも自分を盛り立ててくれた、主人の堀川具守。

つねに自分を助けてくれた兄・兼雄。

鎌倉にあっても自分を気にかけて応援してくれた堀川基俊。

世を去って行った彼らは、兼好にとってみな父にも等しい人々であった。

基俊の死。この大きな喪失感を埋めることができるのは、和歌の道に邁進することであった。この頃、兼好は二条派の歌人として、「二条為世門下の和歌・四天王」（浄弁・頓阿・能誉・兼好）の一人と言われるようになっていた。

◆山科・栗栖野の家に滞在する

秋深い神無月（一〇月）の頃兼好は、真乗院から出た後は「歌人として」身を立てようと思い、山家の家を探しに行ったことがある。岩倉の山荘を出て南に向かい、東山を越えて東に下り、山科の栗栖野《くるすの》にある山里の庵に行き、何日か滞在した。

『――遙かなる苔の細道を踏み分けて、心細く住みなしたる庵あり。この葉に埋もるる懸樋《かけひ》のしずくならでは、つゆ訪ふものなし。あか棚（仏前の棚）には菊、紅葉など折り散らしたる、さすがに住む人のあれば、なるべし。

かくてもあられけるよ（こんな様子でも生きていけるのだな）と、あわれに見るほどに、彼方の庭に大木なる柑子《こうじ》（＝蜜柑）の木の、枝もたわわになりたる――』（一一段）と書いた、山里の庵である。

この家に住み、陽があるうちは、

『同じ心ならん人としめやかに物語して、をかしきことも、世のはかなきことも、うらなく言い慰まんこそうれしかるべき――』（一二段）わざであろうと思い、

陽が落ちれば、

『ひとり、燈《ともしび》のもとに文を広げて、見ぬ世（遠い昔）の人を友とするぞ、こよなく慰むわざ』（一三段）になろうと考えていたが、やはり山里は京都の街中から遠く不便であり、兼好に教えを乞いに来る人々、また生活の品々を持って兼好を訪う人々のことを思いやると、「山里に家を構えて」などと悠長なことは言っておられず、結局都の中に居を定めざるを得ないだろう、と考えるようになった。

これを、山里に住むようになると、

「やまざとの住ひもやうやう年経ぬることを

（二二）『さびしさも習ひにけりな　山里に訪ひ来るひとの厭はるるまで』
と、これが慣らいになって人を避けるようになったり、

「心にもあらぬやうなることのみあれば（思い通りにはいかないこともでてくるので）
（七九）『住めばまた、憂き世なりけり　余所ながら思ひしままの山里もがな』」
と、やはり山里はどこに行っても失望することになるかもしれない、と詠っている。


『徒然草』のほうでも、出家後の生活を定めるに当たっては、

『「死すること」を心にしっかりと据え、わずかの間も忘れないようにしていれば、住むところなど限定すべき理由などはない』（四九段）し、さらに、

『――世を背ける草の庵には、閑《しず》かに水石《すいせき》をもてあそびて、これ（死の到来）を余所《よそ》に聞くと思えるは、いとはかなし。

閑かなる山の奥、無常の敵《かたき》競ひ来たらざらんや。その、死に臨めること、戦《いくさ》の陣に進めるに同じ（閑静な山の中であっても、「無常の時」《死ぬとき》は来るのだから、死に直面するのは、結局町の中であっても変わることはない）』（一三七段）と、兼好は考えたのであった。

◆蟄居が解けた

一三一九年（文保三年・元応元年）七月「具親の蟄居・謹慎を解く」との勅許が下りた。後醍醐が寵愛し、具親に横取りされた「大納言《だいなごん》の典侍《すけ》」はその後後醍醐に許されて、洞院公賢の弟の公泰の妻になっており、これを見て、具親の叔母・基子（西華門院）が具親の宥免を、故後二条天皇の父・後宇多上皇（一二六七―一三二四年）を通じて、後醍醐に働きかけたのであった。

◆祝宴を開く

岩倉の山荘では、堀川家の人々が集まって、蟄居解除の祝宴が開かれた。この祝宴には、邦良親王、側近の五辻少将・藤原長俊、延政門院（その女房の一条も）、基子（西華門院）、具親、兼好らが参加した。兼好は具親の許しを得て、母を呼んだ。母も堀川家の人々の中にまじって岩倉に足を運び、いろいろ手伝いに来ていたのである。

具親「この一年、皆に心配をさせてしまい、本当に申し訳がなかった。いろいろ助けてもらい、本当にありがたかった。この通り御礼申し上げる」と頭を下げた。

続けて「兼好《かねよし》、本当に世話になった。お前がそば近くいてくれたから、心を落ち着けて過ごせたのだ。いろいろと学問の方も指導してもらった。今後の仕事に役立つ、というものだ」

兼好はこれに、「ありがとうございます。若かった頃、堀川のお家で、故邦治親王、若殿と遊ばせていただきました頃のようで、私もうれしく過ごせました。

先ほど、若殿からありがたいお言葉をいただきましたが、若殿、これからいろいろ経験なさることこそ、若殿の力になっていくのでございます。何事も落ち着いてことに当たれば、若殿に出来ないことなどありません。お二人の門院様はじめ、皆様がご期待なさっております」と答えた。

この後、基子（西華門院）は、

「兼好《かねよし》、この一年、本当にご苦労様でした。一年前、主上《おかみ》から謹慎を命じられたときは、堀川家はこの先どうなってしまうのか、本当に心配いたしました。何しろ、主上《おかみ》は、あのように気性の激しいお方ですからね。

とにかく具親殿が波風を立てず穏便に過ごすことが出来たのは、何より、兼好《かねよし》がいつもお側にいてくれたからです。兼好の母どのにも、いろいろお手伝いをいただいて、ご苦労かけましたね。

後宇多院様も本当に喜んでおりましたよ。近く兼好にお声が掛かることでしょう。今日は堀川家の身内の集まりです。さあ、きょうは楽しく、でも主上には聞こえぬよう、皆でお御酒などいただきましょう。ほほほ」

堀川具親は、この後、
一三三〇年大納言（三七歳）、
一三三九年内大臣（四六歳）、と順調に昇進を続けた。

◆後宇多院より歌のお召しがあった

具親の岩倉での謹慎中具親に奉仕した兼好に、後宇多上皇より（友人の道我を通して）歌のお召しがあった。具親の謹慎中、具親に奉仕する兼好は和歌の活動を自粛せざるをえなかったが、上皇が「兼好の自粛が解けたことを世の中に知らしめてやろう」と配慮してくれたのであった。

「後宇多院より、詠める歌ども召され侍りけるに、たてまつるとて、
（清閑寺の）僧正・道我に申しつかはし侍りける
（一〇二）『人知れず朽ち果てぬべき言の葉の　あまつ空まで風に散るらむ』
と、兼好は自分の歌が院のお目に掛かる機会を得たことを素直に喜び、道我に託したところ、道我からは、
「（一〇三）『ことはりや　あまつ空より吹くかぜぞ　森の木の葉を先ずさそひける』（ありがたいことに、あまつ空＝院から直接にご指示があったのだ）」
と、返ってきた。

両者の歌はともに具親の謹慎解除を晴れ渡る大空に飛んでいく木の葉（言の葉）に託して、兼好の和歌の自粛が解けた晴れやかな喜びを詠っている。

◆歌人として生きていくことを決意する

「もう、心に懸けるものはない」。秋色が深くなった頃、兼好は決意した。「これからは歌人として生きていく。『世に背《そむ》く』時は、今である」と。

兼好は『家集』において、

「世の中思ひあくがるるころ　山里に稲刈るを見て

(四四)『世の中の秋田刈るまでなりぬれば　露《つゆ》も我が身も（世に）置きどころなし』

と、優雅に詠ってはみたものの、これでは決意の気持ちを表わすに充分ではない。

さらに、次のように言う。

「世を背かんと思ひたちしころ　秋の夕暮れに

(三三)『背きてはいかなる方にながめまし　秋のゆうべも憂き世にぞ憂き』

本意にもあらでとし月（を）経ぬることを

(三五)『憂きながらあれば過ぎゆく世の中を　経がたきものとなに思ひけむ』

兼好は『徒然草』のなかでは、歌人として出発する決意を次のように力強く言う。

『寸陰惜しむ人なし。これ、よく知れるか、愚かなるか。愚かにして怠る人のために言はば、一銭軽しといへども、これを重ぬれば、貧しき人を富める人となす。――されば、道人《どうにん》（＝仏道修行者）は、遠く日月を惜しむべからず。ただ今の一念、空しく過ぐることを惜しむべし』（一〇八段）。

さらに、

『――人間の儀式、いづれの事か、去り難《がた》からぬ。世俗の黙《もだ》し難きに従ひて、これを必ずとせば、願ひも多く、身も苦しく、心のいとまもなく、一生は雑事の小節に障《さ》えられて、空しく暮れなん。

日、暮れて、塗《みち》（＝道）、遠し。我が生、すでに蹉《さ》だ（＝つまずいて前に進めない）たり。諸縁を放下《ほうげ》すべき時なり――』（一一二段）。

同じ事を、二四一段でも繰り返して言う。

『――所願を成じて後、暇ありて道に向かはんとせば、所願尽くべからず。

――すべて、所願、皆妄想なり。所願、心に来たらば、妄心迷乱すと知りて、一事をもなすべからず。直ちに万事を放下して、道に向かふ時、障りなく、所作なくて、心身永く閑かなり』と。

兼好は、「一大決心をしたからには直ちに万事を放下して取りかかろう」と、言うのである。

◆兼好、具親に決意を伝える

兼好は、堀川殿にいる具親に報告に行った。
兼好「若殿、先日の、岩倉の祝宴は楽しうございました」
具親「おうおう、ご苦労であった。皆の喜ぶ顔がうれしくてな。ところで兼好《かねよし》、岩倉にいたとき、お前が私にいろいろ話してくれたことはためになった。書き残しておけばよいのではないか」
兼好「ありがとうございます。では、そのようにさせていただきます」
兼好は続けて「実は若殿、わたしは明日からは和歌の道で暮らしていこうか、と思いまして、相談に参りました」
具親「そうか。それもよいだろう。お前は、『明日から』というが、すでに真乗院のお前の所には和歌の教えを乞うものが多く、仁和寺内では有名になっているではないか。私の謹慎中、お前の和歌の方を止めてしまったのは申し訳なかったが、後宇多院様から歌を召されたことでもあるし、これからはもっともっと人が参るだろう」
兼好「ありがとうございます。そのようなわけで真乗院を出て、より広い家に移り、和歌など教えていきたいと思っております」
具親「わかった。私に異議はない。私も時々寄せてもらう。兼好《かねよし》、今後も我が家に寄ってくれ。待っているぞ」

兼好は、具親の許可を得たので、真乗院の小院に帰宅後、岩倉時代のことを、『徒然なるままに、日暮らし、硯に向ひて、心にうつりゆく由なし事を、そこはかとなく書き付くれば、あやしうこそ物狂《ものぐ》るほしけれ』(序段)と、記し始めた。

◆兼好、仁和寺辺に、自家を持つ

一三一九年（元応元年）兼好、三六歳。
兼好が入った家は仁和寺の近くにあった。ここは、和歌の師である二条為世が紹介してくれた家である。

◆兼好の家

兼好の居宅は広い庭も備えた、大きな屋敷であった。鎌倉で交遊のあった「陰陽師の安倍有宗入道」が訪ねてきて兼好の屋敷に入り、その庭を一目見て驚き、『この庭のいたずらに広きこと、あさましく（あきれるほどで）、あるべからぬ事なり。道を知るものは、植うる事を努む。細道一つ残して、皆みな畠に作り給え（畠にして野菜や薬草でも植えさせてはいかがであろうか）』（二二四段）などと言う。

兼好「ははは、やはり関東《あずま》の方はそのように言われるか。しかし、小宅はこれでも歌人の家なので、『古今』、『新古今』、『後撰』、『拾遺』（和歌集）などを教えてくれ、という人が多く、また庭の方も梅の木や、すすきなど植えて『古今』、『新古今』のたたずまいにしておかないことには格好がつきません。

和歌の家の祖である（藤原）定家様は梅を軒近く植えていらっしゃったそうです（↓『京極入道中納言は、なほ一重梅を軒近く植えられたりける』（一三九段）。

まあ、貴殿の折角のお薦めだから、庭の端の方に少しは野菜、薬草など植えるようにいたしましょう」

有宗「それにしても、この家は余裕のある家ですな」

兼好「日々和歌の人々、出入りの商人のほか、仕事柄、紙、筆、墨などの商人も来たりしますので、そこそこの広さは必要なのですよ」

「なるほど。貴殿は今、二条為世門下の和歌四天王のお一人、時の人でござるからな。門人も多かろう。ところで、兼好殿、ご妻女はきょう、おいでにならぬのであるか」

「ははは。そのお話は、ご貴殿の次のご訪問の折りにでも、お話しましょう」

兼好は、庭に面した板敷きを酒器を持って下がっていく、小女のうしろ姿にやさしい視線を送った。

◆兼好の生活

兼好の主な生計の資は、自己の所領（山科・小野荘）からの収入であるが、和歌の教授料、堀川家からの定期的な助けがあり、生活に困ることはなかった。

◆小野庄の所領にも行く

兼好は、山科の小野庄にある自分の所領を訪ねることもあった。

ある年の夏の一日、小野庄をたずねて、

（二〇九）『さても猶　世を卯の花のかげなれや　遁れて入りし小野の山里』と、詠っている。

「遁れて入りし」は、もちろん、兼好の謙遜の表現である。

◆兼好の所有地の作人からの手紙

この所領の作人からの手紙が残っている。

一三一九年（元応元年）兼好の所領の、六郎、介二郎他三名の作人から、『合計十石の年貢米を差し出す』ことを誓約する旨の手紙が来ている。

なお、この所領は、購入から約一〇年後の一三二二年（元亨二年）に、大徳寺の柳殿・塔頭に求められて、直銭三〇貫文で売却されている。

◆延政門院の一条は兼好の妻である

兼好は日頃、「妻《め》という物こそ、男《おのこ》の持つまじき物なれ。『いつも一人住みにて』など聞くこそ、心にくけれ（よいものだ）。――いかなる女《おんな》なりとも、（日々）明け暮れ添ひ見んには、いと心付きなく、憎かりなん（朝から晩まで、一緒にいるのではいやになるだろう）。――余所ながら時々通ひ住まんこそ、年月経ても絶えぬ仲らいともならめ」（一九〇段）

などと言っており、兼好にとっては、同居しない、縛られない、ということが何より重要なことで、ときどきお互いの家を行き来して、手紙なども遣り取りする、平安風の夫婦生活が理想で、延政門院の女房である一条こそ兼好の最愛の妻であった。

◆延政門院の一条の家を訪う

兼好は仁和寺近くの自宅にいることが多かったが、時々一条の家を訪ね、朝まで彼女と語り過ごすことが無常の喜びであった。彼女とは、出会った頃、言い争いをしたときなど、折に触れて歌を交わしている。

あるとき兼好がしみじみと、「そんなに古いことではないのに、お前の家に通い始めた頃がなつかしいな」と言うと、一条「ほんとうですわね。兼好《かねよし》様がお見えになりはじめた頃、私はうまく振る舞えなくて、兼好様を困らせてしまいましたわね」

あのときに、兼好が帰ってから送った、
「人にものを言ひ初《そ》めて（男女のつきあいをするようになって）、言うこと心得ぬよしする女に（好きなのに上手に振る舞えない女に）、
(四五)『通うべき心ならねば言の葉を　さぞとも分《わ》かで人やきくらむ』（わたしの気持ちがお前に伝わらないので、私の言葉がわからないのだろう）」
という歌は、一条を喜ばせた。

また別の日に、

一条「兼好様が私以外の女（『深草の女』のこと）のところに通っていたことが判って、私が逆上して、『もう、お見えにならないで』なんて言ったものだから、本当に兼好様がお見えにならなくなってしまった頃、心配していると、――」

兼好「そんなこともあったな」

一条「でも、しばらくして、兼好様が、

『つらくなりゆく人に

（四六）「いまさらに変わる契りとおもふまで　はかなく人をたのみけるかな」』（心変わりする契りだと気づくほどにはかなく、あなたを信じていたのだろうか）

なんていう、歌を下さるものだから私は泣いてしまいました。わたし、馬鹿だったわ」

兼好「あのときは私も寂しくなってしまったよ。でもあのときは、一条からすぐに、『今宵、お待ちしております』なんていう文《ふみ》が来たものだからすっかりうれしくなって、

ついまた、

『さだめがたく思ひ乱るることの多きを

(四七)「あらましも昨日にけふは変はるかな　思ひさだめぬ世にし住《すま》へば」』(昨日の心づもりなど、今日は変わるものよ。男女の思いは日に日に変わる定めなのだ)

なんて、送ってしまったよ。ははは」

一条「私、うれしかったわ。でも、兼好《かねよし》様の思いはいつまでも変わらないでね」と体を寄せてきた。兼好は、その日、長い夜になったことを覚えている。

◆一条から呼ばれて

兼好が一条と約束した日に余儀なく行けなかったこともあり、兼好がそのまま連絡しないでいると(一八九段)、一条から、

「今宵《こよひ》と、頼めける男の、あらぬかたへ、まかりにければ、女の詠ませ侍りし

(三二)『はかなくぞあだし契りを頼むとて　我ためならぬ暮れを待ちける』」

などという、文《ふみ》を送ってきたことがあった。

兼好は急いで一条の家を訪ね、「お前があんなことを言ってくるものだから、心配になって急いで来たのだ」というと、

一条「ほほほ。やっぱり、殿方にはちょっと大げさに言わないと、効き目がありませんものね」などと言いながら、良い香りを放ちながら、兼好の手を取って身を寄せて来るのであった。

◆秋の一日、一条の家で

一条「すっかり秋になりましたわね。でも、兼好《かねよし》様の秋（飽き）が来ないように祈っていますわ」

兼好「ははは。一条もうまいことを言うのう。

『世に従はん人は、先ず、機嫌を知るべし』（一五五段）（世の中の約束事に従って生きていく人は、何より、時機をよく見定めることが必要である）というところだな」

一条「あら、少しごまかしたわね。でも、やっぱり難しいことを言いますわね。ところで、この前いらしたとき兼好様がおっしゃっていた、『春暮れて、夏になり――』ていうお話は調子がよいので、とっても良かったけれど、わからないところがありました。もう一度、話して下さらないかしら」

兼好「そうか、そうか。容易《たやす》いことだ。

『春暮れて後、夏になり、夏果てて、秋の来るにはあらず。春はやがて夏の気を催し、夏よりすでに秋は通ひ、秋はすなわち寒くなり、
十月は小春の天気、草も青くなり、梅も蕾《つぼ》みぬ。木の葉の落つるも、先ず落ちて、芽ぐむにはあらず、下より萌《きざ》しつ、張るに堪えずして（うちから芽吹いてくる力に抗せずして）、落つるなり。

——四季は、なほ、定まれる序《ついで》あり。死期は序を待たず。死は、前よりしも来たらず、かねて後に迫れり（死期に順序などというものはない。前からやって来て、目に見えるものではなく、知らない間に我々の背後に迫っているのだ）。

人皆死あることを知りて、待つこと、しかも急ならざるに、覚えずして来る（思いがけず、突然に死はやって来る）。

沖の干潟遙かなれども、磯より潮の満つるが如し（干潟は遠くまで見えているが、磯辺に潮が満ちてくると、すぐに見えなくなってしまうようなものである）』（同）という、あれだな」

一条「やっぱりお上手ね。調子がいいから、よく耳に入るわ。おっしゃる通りほんとに一年なんて、ひとの一生なんて、とっても速く過ぎてしまうものですわね。兼好様、頼りにして

いますわ」

兼好は一条の肩を抱いて、「いつまでもこうしていたいものだな」

◆時々、外出した

兼好は、時々外出した。特に会って語りたきは、同業の「友」であった。

『同じ心ならん人としめやかに物語して、おかしきことも、世のはかなきことも、裏なく言い慰まんことこそ、うれしかるべき――』（一二段）ことなのである。

◆頓阿

特に道我と頓阿に会いたかった。曲がったことが大嫌いという性格の道我は東山・清閑寺の住職で、ここ仁和寺のあたりからは遠いこともあり、頻繁に通い合うことはできなかった。

頓阿は兼好より六歳ほど若く、仁和寺内の庵に住んでおり、兼好と同じく武士の家の生まれで、道我とは異なりやや軽い心根が楽しく、語って楽しい最良の友人で、交遊は長期に渡った。

頓阿（一二八九―一三七二年）は俗名、二階堂貞宗。二階堂家は、代々鎌倉幕府の要職を勤めた家柄である。

◆頓阿と賀茂祭りを見に行く

ある年の四月はじめ満開の桜に惹かれて、兼好は頓阿に連絡をとり、桜見物も兼ねて賀茂祭り（葵祭り）を見に行くことにした。この祭りは初夏四月に行なわれる、都人《みやこびと》にとって最大の楽しみごとで、彼らは一番の外出着を着て、昼食を持って見物に出かけるのである。

兼好は、頓阿に言う、

「桜というものは、『花は盛りに、月は隈無きをのみ見るものかは。雨に向ひて月を恋ひ、たれこめて春の行方しらぬも、なほあはれに情け深し。咲きぬべき程の梢、散りしおれたる庭などこそ、見所は多けれ』（一三七段）というものでございましょう」

頓阿「さようでございますね。御房はおっしゃることが文章のようで、お美しい。私の及ぶところではありません」

二人は一条大路に向かい、設けられた桟敷の端に空いている場所を見つけ、ここで祭りの行列が来るのを待っていた。

行列はなかなか来ず、ついには待ちくたびれた人々のあいだでは酒が始まり、双六に興じたり——、

——ようやく、内裏を出発し、下・上両賀茂神社に向かって進む牛車の列がやって来て、これに馬に乗って行進する黒束帯姿の勅使一行、美しい衣装姿の女性の列が続き、最後に、輿に乗った斎王代が過ぎていった（一三七段）。

一三七段は、桜見物→賀茂祭りの様子と、一幕の芝居が目の前で展開するような文章で、絵巻にも描かれているところである。

◆頓阿の家で談笑する

　この後、二人は頓阿の家に向かい、酒など飲みつつ談笑した。
兼好「きょうは行列見物のつもりで出かけたのに、酒盛りや喧嘩の見物になってしまいましたね。ははは」
頓阿「まあ年に一回のことですから。我慢することにいたしましょう。きょうは小宅でゆっくりお酒でも飲んで、日頃のご尊宅のご様子など聞かせてください。ところで、さぞお仕事は順調でございましょう」
兼好「幸い何とかやっております。私の家には様々な人たちがいらしてくれるのですが、お会いしてありがたい人、都合の悪い人、いろいろですな」
頓阿「ははは、ぜひうかがいましょう、その、おはなし」
　兼好は続けて、
「友とするに悪ろき者として七つ、おられますな。まず『高くやんごとなき人』、『若き人』、『病なく身強き人』たち。こういう人たちは、どうも思いやりがありませんな。
　ついでに『酒を好む人』、『猛けく勇める兵《つわもの》』。こういうものたちは、なにかというと勇ましく、すぐ人（表情）が変わり怖くてたまりませんわ。最後に『虚言《そらごと》する人』、『欲深き人』たちですが、とにかく安心できませんからな」

頓阿「そうそう」

兼好「やっぱり、よき友というのは、やはり『物くるる友』、『医師《くすし》』、『知恵ある友』たち、といった人たちでしょうか。ははは」（一一七段）

頓阿「まず、『酒を好む人』についてですが、御房はいろいろご覧になっているようで」

兼好「酒は無理に飲ませてはいけません。また、飲むからには、酒はきれいに爽やかに飲まなくてはなりません。まったく人は酒に飲まれてしまいますとね、手に負えません。

『――ひとの上にて見たるだに、こころ憂し（他人事として見ているだけでもつらいものです）。思ひ入りたるさまに、心にくしと見し人も（考え深そうで、奥ゆかしく見えていた人も）、思ふ所なく笑ひののしり、ことば多く、烏帽子ゆがみ、紐はずし、脛（を出して）高く掲げて、用意なき気色《けしき》、日ごろの人とも覚えづ。女は、額髪《ひたいがみ》晴れやかに掻きやり、まばゆからず、顔うちささげてうち笑ひ、盃《さかずき》持てる手にとりつき、よからぬ人（教養のない人）は、肴《さかな》取りて、口にさし当て、自らも食ひたる、様あし。――

　年老いたる法師（は）、――黒くきたなき身を肩脱ぎて、目も当てられず、すぢりたるを（身をくねらせているのは）、――我が身いみじき事ども（自分が偉いということを）、かたはらいたく言ひ聞かせ、あるいは酔い泣きし、下ざまの人は、罵りあひ、諍ひて、あさましく、おそろし』と、いろいろ、醜態を曝してしまうものですよ。

やはり『――百薬の長とは言えど、万の病は酒よりこそ起これ』というものですね。

と、まあ、酒の文句ばかり言ってきましたが、やはりこれも時と場合があるもので、

『かくうとましと思ふものなれど、おのづから捨て難き折もあるべし。

月の夜、雪の朝、花のもとにても、こころ長閑《のどか》に物語して、盃《さかずき》出《いだ》したる、万の興を添ふるわざなり。――』（一七五段）というものですね」

頓阿「まったく、まったくその通りですね。

しかし、はて、その後の方の風景は、御房が一条様のお宅に通った時のものではありませんか。一条様も結構、いける口と、聞いております」

兼好「やや、おわかりかな。ふふふ」

ここで、頓阿は話題をかえて、

「ところで、さっきの御房のおっしゃった『虚言する人』ですが、なにか、これにも御房には一家言あり、ときいていますが」

兼好「ちょっとややこしくなって気が引けるというものですが、私の見るところ、人から虚

言を言われた人の反応を見ていますと（『或る人の、世に虚言を構へ出して、人を謀ること
あらんに』）、これがいろいろあるのです」

頓阿「ほう、たとえば」

兼好「『素直に、実《まこと》と思ひて、言ふままに謀らるるひと』、

『余りに深く信を起こして、――虚言を心得添える（嘘と知りながら、さらに嘘を付け加える）ひと』もあれば、『何とも思はで、心をつけぬ人（気にもとめない人）』もあり、まあ、いろいろとおられましてな。

最後には、『虚言の本意を初めより心得て、少しも欺かず（すこしも馬鹿にせず）、構え出したる人と同じ心になりて、力を合わする人』まで、あります」（一九四段）

頓阿「それはまた、怖い話ですな。

それはさておき、『酒だけはこの通り、嘘を吐かず、人生に欠かせず』というところですから、きょうはご存分に召し上がってください」

さらに、

「ところで、御房には、一条様宅で飲むお酒が格別でございましょう」

兼好「うまいことをおっしゃるな。しかしな、一条は、

『門院の女房という仕事も院にお届けするものも多く、実家からの持ち出しとなるので、大変なのです』とこぼしておりましたよ。ははは」
頓阿「御房の、さっきの『よき友』のお話に、一条殿をお加えなさってはいかがでしょう。さらにもう一つ、能書を誇る御房のこと、『書を頼む人』を加えてはいかがでしょうか。お仕事は増えますが、実入りのほうもそれなりにあるのでございましょう。ふふふ」
兼好「頓阿どの、きょうはお酒のせいかよくお口が廻りますな。ははは」
二人の、無上のひとときであった。

◆頓阿の母の死に際して

その後、頓阿の母が亡くなったときの、兼好と頓阿のやりとりである。
「頓阿(が)、母のおもひにて(喪に服して)、籠もりゐたる春、雪降る日つかわす(歌を送った)
(二〇)『はかなくてふるにつけても淡雪の　消えにし跡をさぞしのぶらむ』
(もちろん、「雪が消える」を「魂が消える」に掛けているのである)
(頓阿は)返し

（二二）『歎《なげ》きわび　ともに消えなでいたづらに　ふるもはかなき春の淡雪』」

このときのことを頓阿は、自己の歌集の中では、
「母のおもひに侍りしころ、兼好、歌をすすめ侍りし返事に
『思へたづ　つねなき風にさそわれし　歎きのもとは言の葉もなし』（今は歌を誘われても、母の死に直面してとても和歌を詠う気にはなれません）」と、返している。兼好も後年、同じつらい思いを味わうのである。

◆夏の籠もりの場

兼好は夏の間洛中の暑気を避け、涼しい山岳の社寺に滞在することが多かった。

「いづくにもあれ、しばし旅立ちたるこそ、目さむる心地すれ。そのわたり、ここかしこ、見ありき、ゐなかびたる所、山里などは、いと見慣れぬことのみぞ多かる。都へ便り求めて（幸便を探して）文遣る。

『その事、かの事、便宜に忘るな』など、言ひやるこそをかしけれ。――寺・社に忍びて籠

もりたるもをかし」（一五段）。

◆法輪寺に籠もる

右京区嵐山にある法輪寺に籠もったときは、訪問に来てくれた友人たちが帰った後の寂しさをやや大げさに詠っている。

「法輪寺に籠もりたる頃、人の訪ひ来て、帰りなむとするに、

（一六）『もろともに聞くだにさびし　思ひ置け　帰らむあとの峰の松風』

（大井川で）いかだ（筏）を

（一七）『大井川つなぐ筏もあるものを　うきて我が身の寄るかたぞなき』

大井川は、桂川（保津川）が嵐山のふもとを流れる時の呼称である。

また、兼好の方から都に出かけて行くこともあり、

「訪《とぶら》うべきことありて、都に出でて

（一一三）『たちかえり都の友ぞ訪《と》はれける　思ひ捨てても住まぬ山路は』」

と、その人恋しい感情を漏らしている。

◆東山・修学院

東山・修学院は、比叡山の西南麓にある叡山三千坊の一つである。静閑の地で出家以前にも兼好が好んで出かけた地でもあり、ここでは比較的多く詠んでいる。

「修学院といふところに籠もり侍りしころ
(五〇)『遁れても芝の仮庵《かりほ》の仮の世に　いまいくほどかのどけかるべき』
(五一)『のがれこし身にぞしらるるうき世にも　こころにもののかなふためし(例)は』
(五二)『身を隠すうき世のほかはなけれども　遁れしものは心なりけり』
(五三)『いかにしてなぐさむものぞ世の中を　背《そむ》かで過ぐす人に問わばや』(どうやって心楽しく生きていったらいいのだろうか、出家せずに人生を過ごす人にききたいものだ)」

この(五三)歌はのち、一三二〇年(元応二年)後宇多上皇の命により二条為世が撰した『続千載和歌集』に「題知らず」として入集され、ここに兼好は晴れて勅撰歌人になった（後出）。

◆比叡山・横川《よがわ》に籠もる

比叡山の横川《よがわ》は、比叡山三塔（東塔・西塔・横川）の一つで、比叡山の北の端にある修行の地である。平安中期、天台宗の学僧・源信（恵心僧都）はここ、横川の恵心院に籠もって、『往生要集』を著わし、浄土教にも関わる、「末世にある衆生救済には『南無阿弥陀仏』という念仏を一心に行なえばよい」という教えを説いた。この主張は、洪水、飢饉、火事、地震などが頻発するという社会不安のなかで、貴族から庶民まで広く世に受け入れられることになった。

横川は夏の間、三塔巡礼などで都の人々も訪れ、俗人のための宿坊などもあり、心を癒すところであった。

兼好は、頓阿らと横川の楞厳院《りょうごんいん》内の「常行堂」を訪うたことがあり（二三八段第四項）、ここにいる旧知の覚守僧都に挨拶をしたことがあった。また、顔見知りになった「行宣法印」

からは、ここで雅楽の音階の説明を受けたりしている（一九九段）。

「横川に住み侍りしころ、霊山院にて、生身供《いきみぐ》の式を書き侍りしおくに書きつく（等身大の釈迦座像に、仏飯と水を供える作法の式次第を書き写した）折りに

（六一）『うかぶべき便りと（を）なれ水茎の　あととふ人もなき世なりとも』（この式次第を記した私の筆跡を見る人もいない世の中になろうとも、この記述は成仏するときのたよりになってほしいものだ）

持ちたる扇を仏にたてまつるとて書きつけし

（六二）『常に澄む御山の月にたとふなる　扇の風に雲や晴るらん』

そのころ横川に籠もる彼のもとには、用事があって都からわざわざ訪ねて来るものもいて、「全くうるさいものだ」と彼は嘆いている。

「人に知られじと思うころ、ふるさと人の、横川まで訪ねきて、世の中のことども言う、いとうるさし。

（一一九）『年《とし》経ればば訪ひ来ぬ人もなかりけり　世の隠れ家と思う山路を』

されど、帰りぬるあと（は）、いとさうざうし（さびしい）

（一三〇）『山里は訪はれぬよりも訪う人の　帰りてのちぞさびしかりける』

延政門院の一条を横川に呼びつけたこともあったが、何日か滞在して帰った後は、しばらくするとやはり恋しくなって、

「いかなる折りにか、恋しき時もあり

（一三一）『あらし吹く深山《みやま》の庵《いほ》の夕暮れを　ふるさと人は来ても訪はなん』」と、一条の再訪を願うのである。

◆西国では、悪党が蜂起する

一三二〇―一三二五年頃（元応・元亨年間）になると、時代は「悪党勢力」が、公家・寺社などの朝廷権力、守護・地頭という幕府権力のいずれにも刃向かい、さらに定住する拠点を求めて動き回るという流動の時代になっていった。

西国では各地に、悪党・海賊が蜂起した。悪党は荘官、地侍などの侍層、有力な名主などの農民などから構成され、荘園を押領し、年貢・公事などを強奪し、さらには、商業・流通の拠点を襲い支配する反社会的な集団であった。河内の楠木正成、播磨の赤松円心、伯耆の名和長年らは、特に知られていた。幕府は山陽・南海道一二カ国に使節を下し、現地の守護代を協力させ、追討に当ったが、彼らの追討後、もとの荘園に舞い戻る悪党もあり、悪党の駆逐はなかなか進まなかった。

業を煮やした幕府は、「これまで、守護不入の地であった『本所一円地』（荘園領主が全面的に支配する荘園）であっても、領内の悪党を逮捕しない場合には守護がこれに立ち入り追捕に当たり、荘園は没収する」と京都の朝廷に通告し、公家・有力寺社たちを震撼させた。

◆公家も刀を持つ時勢になる

悪党などが跳梁するようになった時勢の中、やむを得ないこととしても、宮中の清涼殿にまで上ることのできる上層貴族の間まで刀を持つことが流行する様子を、兼好は（武士の家に生まれた者として）苦々しく眺めている。

『――法師のみにもあらず、上達部《かんだちめ》、殿上人、上ざままで、おしなべて、武を好む人、多かり。(武士の道は)百度《ひゃくたび》戦ひて百度勝つとも、未だ、武勇の名を定めがたし。――兵《つはもの》尽き、矢窮まりて、つひに(最後まで)敵に降らず、死をやすくして後(死を恐れずに勇敢に戦って、討ち死にした後に)、始めて名を顕わすべき道なり。生けらんほどは、武に誇るべからず。――その家にあらずは、好みて益なきことなり(武士の道は人を殺生するもので、人倫には遠いものだから、武士の家柄でないものが好んで行なうものではない)』(八〇段)。

◆『続千載和歌集』に一首選ばれる＝勅撰歌人になる

兼好の歌人としての生活は勅撰集にも取られる程となり、軌道に乗った。

先の(五三)歌は、一三二〇年(元応二年)後宇多上皇の命により二条為世が撰した『続千載和歌集』に、

「題しらず兼好法師

『いかにしてなぐさむものぞうき世をも　背《そむ》かで過ぐす人に問わばや』

として入集され、ここに兼好は晴れて勅撰歌人になった。作者名は「兼好法師」であって、これは兼好が六位以下の出家者であることを示している。

この頃から兼好は、頓阿《とんあ》、浄弁《じょうべん》、慶運《きょううん》（＝浄弁の子）たちとともに、「二条為世（一二五〇―一三三八年）門下の四天王」と、呼ばれるようになった。

◆後醍醐天皇の親政

当時は、後宇多上皇が「治天の君」であったが、上皇はしだいに真言密教に傾倒するなど政務への関心を失っていた。

一三二一年（元弘元年）後醍醐天皇は後宇多上皇に迫り、待ちに待った政務をようやく把握した。後醍醐は古代の律令政治を理想としており、摂政を置かず自ら政務にあたった。善政を行なったと言われる醍醐天皇が理想像で、践祚にあたっては、直ちに「後醍醐」を名乗ったのであった。

天皇は、政治の中心になっていた記録所（内閣）において、父の院政を補佐した吉田定房、万里小路宣房らを引き続き起用し、さらに、日野資朝、日野俊基らも新規に任用し、洛中支配に当たる検非違使庁（警察・検察）・別当に北畠親房をあてるなど、政治の一新を図った（北畠親房は、かつて具親が横恋慕した「大納言の典侍」の兄である）。

経済面では、新規関所の設置を認めず、商品流通の促進を図るなど、改革的な面を見せていたが、現実の政治問題では直面する問題をうまく裁くことはできなかった。

◆山科の土地を大徳寺・柳殿塔頭に寄進した

一三二二年（元亨二年）兼好、四〇歳。

経済的には充分潤っていることもあり、兼好はこの年、大徳寺からの依頼に応えて山科の土地を大徳寺・「柳殿・塔頭」に三〇貫文で売り寄進した。

『大徳寺文書』は、

『沽却す。私領名田のこと合わせて一町といへり。在りところは、山城国山科の小野荘内、——右、件の名田は兼好相伝の私領なり。而るに、要用有るに依って、直銭三〇貫文を以て、永代を限り、——柳殿塔頭に沽却し奉る所なり——
元亨二年四月二十七日沙弥兼好』と記す。

◆歌人としての活動が広がる

後醍醐天皇が政務をみるようになり、大覚寺統の二条派は強い後ろ盾を得た。二条為世は娘・為子を後醍醐天皇の室に入れ、皇子・宗良親王を儲けさせている。

この頃、兼好四〇歳。歌人として一家をなし、活動が広がる。兼好に和歌の教えを請う門人は多く、生活は順調であった。この後の兼好は、『続後拾遺』(一首)、『風雅』(一)、『新千載』(三)、『新拾遺』(三)、『新後拾遺』(三)、『新続古今』(六)と、以後すべての勅撰集に(先の一首と合わせて)計一八首が、「兼好法師」(官位は『六位の侍』。これは西行と同じ）として入集され（数字は各集の入集歌数）、堂々の歌人となっている。

◆兼好の忙しいが充実した生活

兼好は、ようやく得ることのできた充実した日々を、自信を持って次のように語っている。

『つれづれわぶるひとは、いかなる心ならん。紛るる方なく、ただ一人あるのみこそよけれ（一人でいることを嘆くというのは、どのような心境なのであろうか。何ものにもわずらわされることなく、ひたすらにひとり静かにいきていくことほど、すばらしいものはない）。

世に従へば、心、外の塵に奪はれて惑ひやすく、人に交はれば、言葉、よその聞きに随いて、さながら心にあらず。

――未だ、まことの道をしらずとも、縁を離れて身を閑かにし、事にあづからずして心を安くせんこそ、しばらく楽しぶとも言いつべけれ。『生活《しょうかつ》、人事、伎能、学問等の諸縁を止めよ』とこそ、『摩訶止観』にも侍れ（『摩訶止観』にも書いている）』（七五段）。誠に堂々とした、「自立生活」の宣言である。

◆金沢・称名寺は盛んなり

一三二三年（元亨三年）金沢・称名寺の伽藍がおおよそ完成する。

◆堀川具親、権大納言になる

一三二三年（元亨三年）堀川具親、権大納言になる（三〇歳）。兼好、四〇歳。
邦良親王は具親の昇進を祝って、内輪の歌合わせを開き、兼好にも歌を求めた。

「先坊（邦良親王）の御時、御歌合わせにつかうまつりし五首
元亨三年のことにや（ことであったでしょうか）
（一五五）『秋深き霜をきそふる浅芽生《あさじふ》に　いくよも離《か》れずうつ（打つ）ころも哉』
（一五六）『こよひだにうちもはらわでさ（狭）むしろに　積もれる塵《ちり》やひとに見せまし』
（一五七）『くりかえす頼みもいさや神垣の　もりのしめなは　くちし契りは』

（一五八）『けふのみと石田《いわた》の小野に秋暮れて　はは（＝楢の木）そいろづきふるしぐれ哉』
（一五九）『ささ（笹）わくる露ともみえしわが袖を　秋よりのちはなににまがへむ』

◆後醍醐、倒幕に傾く

一三二四年（元亨四年・正中元年）は、まことに多難な年になった。

同年六月京都では、後宇多上皇、大覚寺にて没す。後宇多上皇の孫で、後醍醐天皇の皇太子になっている邦良親王はこれにあせり、幕府に自分への践祚を働きかけた。後醍醐はこれを見て、幕府から甥の同親王への譲位を迫られることを恐れた。さらに、これまでの朝廷の意向を無視して事を進める幕府の姿勢への怒りも相俟って、倒幕の意向を固め走り始める。

◆二条為世から、古今伝授を受ける

同年兼好は二条為世から、『古今集』について受講する。

ここで、為世から兼好に対する古今伝授が行なわれたことになる。

同年七月、二条為世の後継者の二男・為藤（長子・為通は早世していた）が死去している。

兼好は、為藤の家で、

「侍従・中納言（為藤卿）殿にて人々題を探りて、うたよみ侍りしに

木の残りの雪

（五六）『山深み梢に雪や残るらむ　ひかげにおつる真木のした露』

花の雲

（五七）『山たかみまがはむ花の色なれや　なぎたるそらに残る白雲』

薄暮に雁が帰りて

（五八）『ゆき暮るる雲路《くもじ》の末に宿なくは　都に帰れ春のかりがね』

忘らるる恋

（五九）『われはかり忘れず慕ふ心こそ　慣れてもひとにならはざりけれ』

ほととぎす

（六〇）『五月《さつき》きてはな橘の散るなへに　山ほととぎす鳴かぬ日はなし』

と、詠んでいる。

これらは、文・文意ともに平明で評判も良く、特に（五八）歌は、「ちと俳諧の体をぞ詠みし」（二条良基）ということで、その軽みが評価され、人々の口にも上り、兼好の名を高からしめることになった。

◆正中の変

同年（元亨四年・正中元年）八月台風が京都一帯を襲い、甚大な損害が発生した。六波羅探題の兵が復旧に専心し、洛内の警備が薄くなる中、九月後醍醐の側近の中では吉田定房、万里小路宣房、北畠親房ら穏健派が自重を求めるなか、若手の急進派の日野資朝、日野俊基らは決起したが、六波羅の掌握には至らず失敗に終わった（正中の変）。

万里小路宣房らの弁明を容れた幕府は、日野資朝、日野俊基らを鎌倉に連行し処分するに止め（資朝は佐渡へ配流）、後醍醐だけは不問に付した。

兼好は、奔放に生きる日野資朝に好意を寄せていたようで、その姿をたびたび『徒然草』に登場させている（一五二―一五四段）。

一一月変後の京都の治安維持のため幕府は、空いていた六波羅探題・南方長官に金沢貞顕の子・貞将《さだゆき》を派遣した。

◆醍醐天皇は異形の人

このとき後醍醐は幕府に弁明しつつ、『関東、戎夷なり。天下管領しかるべからず。卒土の民は皆重恩を担う。聖主の謀反と称すべからず』(幕府に天下を支配する資格はない。我こそが支配者である。今回の事件を主上の御謀反などというのは、もってのほかである)などと述べ、全く意気軒昂、反省の色は見せなかった。

後醍醐天皇は一八人の后妃から、男子一八人、女子一八人の子を儲けていた。後醍醐は、彼が比叡山の天台座主に据え、その後還俗させた、護良《もりよし》親王、宗良《むねよし》親王という二人の皇子を畿内、大和、紀伊に派遣して、倒幕の扇動・組織化の工作を担当させていた。

悪党の中には河内国の有力な悪党・楠木正成がおり、かれはその後、後醍醐の意を受けて、畿内で倒幕工作に走った。さらに、後醍醐は身辺にきわめて多くの悪党、非人ら、異類異形の人々を集結させていた。

◆邦良親王から、歌を召される

一三二五年（正中二年）兼好、四二歳。

兼好が邦良親王から召された歌、二首が残っている。

「正中二年春宮（邦良親王）より歌合わせの歌召され侍りしに、

山路の花、稀に恋に逢う

（一〇六）『けふもまたゆくての花にやすらひぬ　山わけごろも袖にほふまで』

（一〇七）『いつまでと問はるるたびに永らへて　こころ永くも世を過ぐすらむ』

これらは兼好が、自分の訪問を待つ妻・一条の心を詠ったものであろうか。落ち着いた日々を喜ぶ、兼好の心が現れている。

◆兼雄の七回忌に

同年（正中二年）は、兄・兼雄（一三一八年急死）の七回忌である。これに合わせて京都の母から故・兼雄の子・四郎に、金子《きんす》を添えて送った手紙が残っている。

『便宜をよろこび候て申し候。さてはことし、御てての七年にて候。

これにても仏つくりまいらせ、供養しなどし候へども、それにてかたのごとくもし候はぬも、こころもとなく候、――。

これは四郎がとぶらひ候ぶんにて候べく候、御申しあげばし候はば、うらべのかねよし（卜部兼好）とふじゅ（随了尼＝自分）にも申しあげさせ給ひ候へ――（もし不都合があれば、名前は、卜部兼好と自分の名前で進めてください）』（『金沢文庫古文書』）と、託した金子で、墓を作り供養することなどを、四郎に依頼している。

◆最後の執権、赤橋（北条）守時

一三二六年（正中三年・嘉暦元年）三月北条高時、執権を投げ出し出家する。『高時は、田楽に滅べり』という有り様であった。

内管領・長崎高資が独断で、連署・金沢貞顕を執権に就けると、これに北条・得宗家は反発し、金沢貞顕は執権を辞任し、出家してしまう（嘉暦の騒動）。

この後、得宗家庶流・赤橋（北条）守時、（最後の）執権に就く。この前後には、幕府幹部の出家が相次ぎ（「皆出家、入道す」）幕府は空洞化してしまう。

◆皇太子・邦良親王が死去する

一三二六年（正中三年・嘉暦元年）三月兼好、四四歳。

皇太子・邦良親王が死去した（二七歳）。これは兼好にとってショックであった。

その後の皇太子に持明院統の量仁親王がつくと、自分の皇子を皇太子にしたい後醍醐は、これに激怒した。

◆兼好、具親らと邦良親王を回想する

具親は屋敷に叔母の西華門院、兼好らを呼び、邦良親王を追悼する集まりを持った。かつて邦良親王が催し、親王と親しかった五辻少将・長俊、堀川具親、これに兼好も参加した連歌の宴を回想して、

兼好「あの晩は、楽しうございましたな」

具親「親王、長俊様たちの、あんなに喜んだお顔は見たことがない。親王の『待てしばし廻《めぐ》るは易きをぐるまの』に、兼好《かねよし》が付けた『かかる光の秋にあふまで』は、良かったのう。やはりうまいものだな。兼好は」

西華門院「そのようなことがございましたか。長俊様もお呼びすればよかったですね。私も年を取りました。このように集まりますと、昔の堀川の家のことを思い出します。また、呼んでください。ところで、兼好《かねよし》、一条殿は達者ですか。お子は出来なかったようですね」

兼好「ありがとうございます。一条も息災でやっております。子を作ってやれなかったことだけが心残りです。あの道にも精進し、精通していたつもりなのですが、やはり不出来で」

具親「ははは。兼好《かねよし》も言うのう」
西華門院「良いではありませんか。身内の集まりなのですから」
（このあと、側近の長俊、関東に下向していた六条有忠らは、出家してしまった）

同年仁和寺・真乗院の顕助（金沢貞顕の子）、任権僧正、捕法務となる。（『仁和寺諸院家記』）

一三三〇年（元徳二年）金沢貞将、六波羅探題・南方長官を辞す。
同年顕助僧正没す。三七歳。（『仁和寺諸院家記』）
兼好は金沢貞顕から顕助の後見を頼まれていたことから、これを貞顕に伝えることは悲しいことであった。

同年堀川具親、大納言になる。三七歳。順調な昇進ぶりである。
堀川具親は、一二九三年生まれ。兼好より一〇歳若い。

◆『徒然草』後半をまとめる

一三三〇年（元徳二年）頃、兼好四七歳。

『徒然草』の後半（三三段〜終わり）のとりまとめがこの頃、終了したか。

◆元弘の乱＝後醍醐の「ご謀反」

一三三一年（元弘元年）四月、後醍醐天皇の側近・吉田定房から幕府に、「天皇ご謀反」の密書が届いた。

八月後醍醐は内裏を脱し、奈良・笠置寺に逃れた。

幕府は、北条一族の大仏貞直、金沢貞冬、外様の雄で下野国・足利荘を本貫（本籍）とする足利高氏（のち、尊氏）の三人を大将として、約二〇万騎の上洛軍を鎌倉から進発させた。西上した鎌倉軍はわずか二日で笠置寺を落とし、後醍醐を捕らえたが、尊氏はこの後単独で鎌倉に帰ってしまい、他二人の大将を唖然とさせた。

京都では、皇太子・量仁親王が光厳天皇に践祚し、故邦良親王の子・康仁親王が皇太子になった。

◆後醍醐は隠岐に流罪になる

幕府軍に捕らえられた後醍醐は、翌一三三二年（元弘二年）隠岐に流され、二人の親王は四国に流罪となった。しかし流された親王たちは近隣にしきりに令旨を発して挙兵をあおったため、畿内、紀伊、河内、四国では動揺は収まらなかった。

◆足利尊氏と弟・直義

足利氏は清和源氏の嫡流という名門であり、三河・上総両国の守護であり、全国に三五ヶ所の所領を持つ、幕府の中では随一の豪族であった。

この足利家の富裕な暮らしぶりについて、兼好は書いている。

「最明寺入道（＝北条時頼）、鶴岡（八幡宮）の社参のついでに、足利左馬入道（＝足利義氏）

のもとへ、先ず使ひを遣わして、立ち入られたりけるに、主人《あるじ》設けられたりける様（饗応を受けた様子は）、一献に打ち鮑、二献に海老（と進み）、三献にかいもちひ（そばがきか？）にて止みぬ。その座には、亭主夫婦、隆辨《りゅうべん》僧正（鶴岡八幡宮の社務職）（の三人が）主人の人にて座せられけり。

さて、（時頼が）『年ごとに給わる足利の染め物、心もとなく候ふ（今年も期待しております）』と申されければ、（義氏は）『用意し候ふ（用意しています）』とて、いろいろの染め物三十、（時頼の）前にて、女房どもに小袖調ぜさせて（仕立てさせて）、のちにつかわされけり（後日、届けさせたそうだ）――」（二一六段）。

足利義氏は北条時政の娘を母とし、北条泰時の娘を妻としており、時頼からは義理の叔父に当たる。右によって、毎年贈答を交わす、時頼と義氏の親しい関係も見ることが出来る。

一三〇五年（嘉元三年）足利尊氏は、足利貞氏と上杉清子《きよこ》（武将・上杉憲房の妹）の長子として生まれ、のちに妻には執権・北条（赤橋）守時の妹・登子を迎えている。

足利直義《ただよし》は尊氏の二つ違いの弟で、兄とは正反対に律儀で私心がなく、理非にうるさく理想家肌で、官僚的な性格であったと言われている。兄・尊氏がやや優柔不断ではあるが包容力があり、右に左に融通無碍、陽気で田楽が大好きという、まさに政治家型であったこととは対照的であった。この兄弟の両義性があったため、二人はこの時代の変転する政治情勢に柔軟に対応することができたのであろう。

◆頓阿と遊ぶ

一三三一年（元弘元年）頃頓阿は、かれの歌集『草庵集』、『続草庵集』を編み、この『続草庵集』の中で兼好との交遊も載せている。

「世の中、閑かならざりしころ、兼好が許より〝よねたまへ〟、〝ぜにもほし〟ということを〝沓冠《くつかぶり》〟におきて

『夜も涼し寝覚めの仮庵《かりほ》手枕《た》も　ま袖も秋にへだてなきかぜ』

（夜も涼しくなり、仮庵《かりほ》で寝覚めすると、独り寝の袖から秋風が吹き込んでくる）」

この歌は、〝沓冠〟になっているので、各区の頭を採ると、「よ→ね→た→ま→へ」（米給へ）、

さらに、足（終わり）を逆から採って行くと、「ぜ↓に↓も↓ほ↓し」（銭も欲し）、となる。

これに対し、頓阿は、

「『夜も憂し　ねたくわが背子はては来ず　なほざりにだにしばし問ひませ』

（夜はつらいものだ。恋しい人は来てくれない。せめて、ちょっとでもよいから、来てほしいな）」と返した。同じく各区の頭と尻を採ると、「よねはなし」、「ぜにすこし」となる。

二人はたわいのない和歌のやりとりを楽しんでいた。

◆延政門院、没す

一三三二年（元弘二年）頃兼好、四九歳。

一条の主人であった延政門院、没す。七四歳であった。

◆後醍醐、隠岐から逃れる

一三三三年（元弘三年）一月年が明けると、河内の楠木正成、播磨の赤松則村らが続々と挙兵した。

二月後醍醐は隠岐から逃れ、伯耆の名和長年を頼った。畿内では播磨の赤松一族が後醍醐側について六波羅軍を破るなど、次第に後醍醐側が優位に立ってきた。

三月金沢貞顕、亡父・顕時の三十三回忌供養を行なう。

◆尊氏、後醍醐と密かに連盟する

この間尊氏は母の兄・上杉憲房を通して、後醍醐と協力する旨の密約を結び、諸国から彼の下に馳せ参じた武士とともに、幕府に反旗を翻し、京都・六波羅に向かった。

◆元弘の乱＝鎌倉幕府、滅亡する

尊氏の寝返りに六波羅軍は驚愕し、探題の両長官・北条仲時、同時益は後伏見・花園の二上皇、光厳天皇を奉じて関東に下ることを決め、京を脱出したが、近江の番場峠で野武士らの襲撃に遭い、全滅した。その後、尊氏は六波羅探題を接収した。

この頃、関東・上野国の新田義貞が兵を上げ、鎌倉街道を南下して鎌倉に攻め込んだ。

五月、関東・奥州両武士団の合流で膨れ上がった鎌倉攻撃軍は鎌倉方を撃破し、北条高時、執権・赤橋守時、大仏貞直、金沢家の金沢貞顕・貞将ら、北条一門、さらに長崎高綱ら御内人らも、北条氏の菩提寺・東勝寺で自刃し、ここに鎌倉幕府は滅亡した。

同月、九州の鎮西探題も滅亡した。

六月後醍醐、称名寺を勅願寺として安堵の綸旨を下す。

◆元弘の乱以降については、兼好は、『徒然草』の中で言及していない。

◆後醍醐の新政

一三三三年（元弘三年）六月尊氏によって京都に迎えられた後醍醐は、内裏にはいり、新政権を樹立した。先ず恩賞であるが、後醍醐は、新政権に功のあった楠木正成、名和長年、北畠顕家、楠正成、新田義貞らを重職に配置し、一番の功績があった足利尊氏・直義には二〇カ国・四五個所の北条氏旧領を与えた。

一〇月、尊氏は鎌倉に入り、旧幕府の将軍邸にそのまま居を構えていたが、その後六波羅に帰り、鎌倉には弟の直義を送り、東国を実質的に支配した。このため新田義貞は関東に地歩を築くことができず、後醍醐のもとに走った。尊氏のライバルである護良《もりよし》親王は後醍醐の命を聞かず、大和・信貴山に籠もり尊氏に対抗する姿勢を示した。のち、尊氏の暗殺を謀るが発覚し、鎌倉へ流罪になった（のち、直義によって殺害される）。


天皇の狙う政治体制は天皇の専制政治で、先ず太政官以下の官職を自由に任命するものであった。実際に任命が行なわれると、この時代にはすでに官職は官位とセットになって個々の貴族家に承伝されるようになっていたので、官職を奪われた貴族は衝撃を受けた。

また後醍醐は、すでに設置していた記録所（行政の中心機関）の他に、新政では恩賞方を設けるほか、雑訴決断所（裁判所）を設立して所領問題の解決を担当させたが、記録所との管轄も不明確であり、うまく機能せず、結局所領問題の混乱を収拾することはできなかった。

◆世上の混乱は収まらず

一三三四年（建武元年）一月後醍醐は、「建武」と改元した。後醍醐は新たな大内裏造営計画のために、領主に二〇分の一税を新たにかけようとしたところ、領主はこれを百姓に転嫁したため、百姓は不満の声を上げた。結局、内裏の造営は叶わなかった。

世上の混乱は収まらなかった。京都の二条河原に掲げられた「落書」は『この頃都にはやるもの、夜討、強盗、謀綸旨《にせりんじ》、召人、早馬、虚騒動《そらさわぎ》、生首、還俗、自由出家』と、世上の混乱、新政への不満を「今様」の七五調で詠い、笑っている。

◆足利軍、後醍醐軍と戦う

一三三五年（建武二年）六月信濃国・諏訪に隠れていた北条高時の遺児・時行は、関東申次をつとめた西園寺公宗らと結び、直義のいる鎌倉を奪い、西上を始めた。後醍醐から時行討伐のため東上を命じられた尊氏は時行を破り、鎌倉を奪回し、一〇月旧将軍邸に居をかまえ、「征夷大将軍」と称した。ここに至り後醍醐は尊良《たかよし》親王・新田義貞に尊氏討伐を命じ、奥州の北畠顕家もこれに加えた。

一一月足利尊氏の弟・直義は、後醍醐方で東上する新田義貞を討つとして全国の武士に動員令を出したので、戦乱は全国に及ぶことになった。

◆「内裏千首和歌」にも選ばれる

一三三五年（建武二年）兼好、五三歳。

兼好はすでに当時の堂々たる歌人で、『内裏千首和歌』(出題は二条為定)にも選ばれている。

「建武二年内裏にて、千首の歌（を）、講ぜられしに題を給はりて

詠みてたてまつりし七首

春植物

(一六八)『久方の雲居のどかにいづる日の　ひかりににほふ山ざくらかな』

夏動物

(一六九)『ほととぎす待つとせしまに神なびの　もりの梢《こずえ》は繁りあひにけり』

秋天象
（一七〇）『よもすがら空ゆく月の影さえて　あまの河せや秋凍るらむ』
冬天象
（一七一）『霜さえし矢田野の浅茅うづもれて　深くも雪の積もる頃かな』
恋天象
（一七二）『あまの住むさとのけぶりのたちかへり　おもひつきせぬ身をうらみつつ』
恋植物
（一七三）『いたづらになき名ばかりを刈り菰《こも》の　うきにみだれて朽ちやはてなん』
雑地儀
（一七四）『芹川の千代のふるみち（古道）すなほなる　むかしの跡はいまや見ゆらん』」
すべて兼好得意の平易な言葉遣いの秀歌である。

このうち（一六八）歌は、『新千載集』に入集している。（一七四）歌は、「ふるみち（古道）すなほなる」後醍醐の新政を言祝《ことほ》ぐものである。

◆兼好の母が没した

一三三五年（建武二年）頃、兼好の和歌の方は順調であったが、兼好の母が没した。『新千載和歌集』（一三五九年に成立）には、兼好の母の一周忌に、兼好の歌の師匠で、前《さき》の大納言である二条為定（一二九三―一三六〇年。二条為世の長男・為通の子）が兼好に贈った歌が残されている。

「兼好法師が母、身まかりにける、一めぐりの法事の日、ささげものに添へて、申しつかはしける。前大納言・為定

『別れにし秋は程なくめぐりきて　時しもあれとさぞ慕ふらん』

返し（兼好）

『廻り会ふ秋こそいとど悲しけれ　在《あ》るを見し世は遠ざかりつつ』」

弟子・兼好の気持ちを気遣う師の思い（↓「秋は程なくめぐりきて」）、これに見事に応えた兼好の（↓「廻り会う」）、いずれも心を打つ一対の秀歌である。

この後兼好は、二条為定から、一三三六年（建武三年）『古今集』について受講し、古今伝授を受けた。

◆兼好、大覚寺に籠もる

動乱のさなかではあったが、喪に服するため兼好は、右京区嵯峨野にある大覚寺に籠もった。大覚寺は後宇多上皇が院の御所を構えたところであり、堀川家由緒の寺院である。同寺には兼好の歌友・道我が勤めていたこともあり、縁故があった。

ここで、上皇は、

『くれないの涙の色もまがふやと　秋は時雨に袖やかさまし』と詠んでいる。

兼好はこれを思い出して、

「大覚寺の滝殿《たきどの》といふ辺りに住む人のもとへ、十月ばかり、時雨《しぐれ》降る日訪ね行きたるに、庭は（さながら）やまの麓にて、すすきの多くまねき立ちたるを（見て）（一七五）『枯れ残る裾野のおばな（尾花）秋よりも　間《ま》なく時雨に袖やかすらむ』」と詠んだ。

◆尊氏、政権を把握する＝北朝を立てる

一三三六年（建武三年）一月、新田義貞を追討する足利尊氏軍は京都を制圧した。後醍醐は延暦寺へ逃げる。奥州から西上した北畠顕家軍は京都を奪回し、後醍醐はようやく、京都に帰還できた。

二月尊氏は海路・九州に走り、約一ヶ月とどまったあと（尊氏は、九州にも多くの所領を持っており、拠点があった）、

四月九州各地から参集した武士団を引き連れて、東上を始め、

五月兵庫において河内から来た楠木正成軍を破り上洛した（時に尊氏、三二歳）。

八月、上洛した尊氏は、すでに連絡のついていた持明院統の光厳上皇の院政と光明天皇（豊仁親王《ゆたひこ》）の即位を認めた。これが北朝である。

◆尊氏の天下を取った喜び

一三三六年（建武三年）八月頃、政権を把握した尊氏は、清水寺に『願文《がんもん》』を収めている。その口調は、かれの複雑な性格そのままに回りくどくしつこすぎるが、率直にその喜びを語っている。

『この世は夢のごとくに候《そうろう》。尊氏に道心《どうしん》賜わせ給いて、後生助けさせ、おはしましく候べく候。猶々《なおなお》、遁世したく候、道心賜わせ給い候べく候。今生《こんじょう》の果報に代えて、後生《ごしょう》助けさせ給い候べく候。今生の果報を直義にも賜わせ給い候いて、直義を安穏《あんのん》に守らせ給い候べく候』と、直義の安穏まで祈念している。

◆尊氏政権、発足する

一三三六年（建武三年）一一月尊氏は、自らの施政方針である『建武式目』全一七条を発布した。これは要するに「幕府は京都に置くものの、政治は、『義時・泰時父子の行状をもって近代の師となす』」というもので、北条義時・泰時時代の善政を懐かしむ、直義率いる東国武士団と、尊氏の実働部隊として戦った畿内・西国武士団、双方の意向を汲んだ、妥協の産物であった。

◆直義の政務は順調

幕府では、尊氏は政務を直義にまかせ、自らは征夷大将軍として軍事全般を把握した。直義は、秩序の回復・維持を目標として政務を進め、裁判機関（引付方）も充実させ、懸案だった所領の争いにも目途をつけ、有力寺社・本所、有力御家人から支持を得て、幕府の体制を着々と整えていった。

◆後醍醐は吉野へ逃亡する＝「南朝」がここに始まる

尊氏の勧めに従いいったん帰京し、新帝への神器の譲り渡しを認めた後醍醐ではあったが、これに納得できるはずもなく、同年一二月北畠親房らと連絡を取りながら、吉野に脱出した。いわゆる「南朝」がここに始まる。

大覚寺統の人々はこれに随った。以後南朝は約五〇年間ここにとどまった。このとき、兼好の兄・慈遍（兼清）も後醍醐に随ったという。

兼好（五一歳）は、北朝側として京に留まった。

一三三八年（延元三年・暦応元年）尊氏、征夷大将軍となる。新田義貞、北畠顕家、死す。

一三三八年称名寺二世長老・劔阿死去。称名寺はこの戦乱の中、後醍醐天皇、足利直義、関東（鎌倉）公方などの庇護を受けたが、次第に衰えていった。

◆二条為世、死す

一三三八年（暦応元年）兼好の歌の師・二条為世、死す。八九歳。

兼好は秋の紅葉の一日、為世に随って大和の初瀬《はつせ》（↓はせ）にある長谷寺に詣でたときのことを思い出した。

「神無月の頃、初瀬に詣で侍りしに、入道大納言（二条為世）、『紅葉《もみじ》折りて来』と仰せられしかば、めでたき枝に檜原《ひばら》折り、かざして持たせたれど、みちすがら、みな散りすぎたるをたてまつるとて、

（一〇四）『世に知らずみえし梢は初瀬山　君にかたらむ言の葉もなし』

（梢の紅葉がみな落ちてしまい、お詫びの言葉もありません）と読むと、これに為世が、

（一〇五）『籠もりえ（江）の初瀬の檜原《ひばら》折りそふる　もみじにまさる君が言の葉』（いやいや、初瀬の檜原に折りそえた紅葉などよりも、君の歌の方がすばらしい）と、返してきた。紅葉の一日の、師弟の間の懐かしい思い出である。

◆後醍醐、死す

一三三九年（延元四年・暦応二年）後醍醐天皇、病に死す（五二歳）。後継は、後村上天皇（←義良親王）である（一二歳）。

『太平記』は、後醍醐の叶わなかった思いを次のように伝えている。
『朝敵を悉《ことごと》く亡ぼして、四海を太平ならしめんと思ふばかりなり。――玉骨はたとひ、南山（＝吉野）の苔に埋もるとも、魂魄《こんぱく》は常に、北闕《ほっけつ》（＝御所の北門）の天を望まんと思ふ。――』と。

この年（一三三九年）具親は内大臣（四六歳）と、順調に昇進を続けた。

翌一三四〇年（暦応三年）具親は、嫡男の死を機に剃髪し、職を辞した。

◆兼好の妻・延政門院の一条が死ぬ

一三四〇年（暦応三年）兼好、五七歳頃。

兼好の妻、延政門院の一条が危篤になり、兼好にも知らせてきた。

「延政門院の一条、時なくなりて、怪しきところに立ち入りたるよし、申《しん》を越せて（手紙を寄せて）

（二二六）『思ひやれかかる伏屋（みすぼらしい家）の住まひして　昔を偲ぶそでの涙を』

兼好が返して

（二二七）『しのぶらむ昔に変はる世の中は　慣れぬ伏屋の住まひのみかは』」と、伝えた。

一条との切ない別れであった。子供を作ってやれなかったので、その後一条の家に行くこともなくなってしまった。

◆冬の日、一条の家で

一条との思い出が、走馬灯のように兼好の頭の中を駆け巡った。

冬の雪の日に一条の家に通った時のことであった。このときのことを兼好は、『家集』で、「冬の夜荒れたる所の、すのこに尻（を）かけて、小高き松のこのま（木の間）より、隈なく盛りたる月を見て、あかつき（暁）まで、物がたりしはべりける人に

（三二）『おもひ出づや軒の忍ぶに霜さえて　松の葉分けの月を見し夜は』」

と、回想している。

これを、『徒然草』の方では、

『北の屋陰に消え残りたる雪の、いたう凍りたる（朝）に、（一条の家に）差し寄せたる牛車の引き棒には霜がおりて、きらきらと輝いている。天上には有明の月、さやかなれども、隈無くはあらぬに（一点の曇りもないというわけではないが）、

離れの持仏堂の廊下には、（兼好と一条がいて）――（彼女は）頭《かぶし》・容貌《かたち》など、いと良しと見えて、えも言はぬに匂いの、さと薫りたるこそ、おかしけれ（とっても素敵な様子で）、二人で長押《なげし》に腰掛けて、いろいろ話した』ものだ（一〇五段）と、書いている。

◆一条の家を再訪して

その後、機会があって一条の家を訪れた兼好は、その寂しき光景に息を呑んだ。その光景を、

「風も吹きあへず（風が吹いたわけでもないのに）、うつろふ、人の心の花に馴れにし年月を思へば、哀れと聞きし言の葉ごとに忘れぬものから、

我が世の外になりゆく慣らひこそ（その人のことが、この世の外のことのように、気持ちが移ろいでいってしまうのは）、亡き人の別れよりもまさりて悲しきものなれ。——

——（一条の家の景色はまさに、兼好が昔読んだことのある）『堀川院の百首』の歌の中に（ある）、（藤原公実《きんざね》の一首である）

『昔見し（むかし慣れ親しんだ）妹が垣根は荒れにけり　茅花《つばな》交じりの菫《すみれ》のみして』

（茅花《つばな》の茂ったなかに、菫ばかり咲いている）さびしき気色、さる事侍りけん」（二六段）と書いている。

改めて妻・一条との日々を想い、先に逝かれ残されてしまった悲しみを感じたのであった。

◆婆娑羅大名が台頭する

一三四二年（康永元年）兼好、六〇歳。

この頃になると、直義の秩序優先の政治が着々と定着するなか、実力でことを解決しようとする尊氏の執事・高師直（兄）、侍所長官・高師泰（弟）の兄弟、美濃の守護・土岐頼遠、近江などの佐々木道誉、播磨の赤松則祐ら、悪党上がりの武闘派は「婆娑羅大名」と呼ばれていたが、直義に不満を募らせていた。

◆高師直

婆娑羅大名の代表である高師直は三河出身の武士であり、代々足利家の執事を務めており、今は幕府の「管領」として御家人を尊氏に取り次ぐ要職にあった。

彼は、武士が支配する現状を、

『都に王という人の、在《ましま》して、若干《そこばく》（＝多く）の所領をふさげ、内裏・院の御所というところがありて、馬より下りる難しさよ

もし王なくて叶ふまじき道理あらば、木をもって造るか、金をもって鋳るかして、生きた

る院・国王をば何方《いずかた》へも流し捨て奉らばや』（『太平記』）
と、日頃放言していたという。

◆兼好は師直の艶書を代筆する

『太平記』によると、高師直は噂の美人である塩冶《えんや》判官の妻「北の台」に横恋慕したときに、部下である「倉栖某」の連枝（兄弟↓親族）に能書家の兼好がいることを知り、その思いを兼好に代筆させ、これを先方の女に届けさせたが、女は手紙を開けもせず庭に捨ててしまったという。これを聞いた師直は、

『いやいや、物の用に立たぬものは手書きなりけり。今日よりその兼好法師、これへ寄すべからず』と怒ったという。

◆兼好、『兼好家集』の編纂に取り組む

一三四三年頃、兼好、六〇歳。『兼好家集』の編纂に取り組んだ。

『古今集』以来の「部立て」（主題別構成）はせず、なるべく自由に個人の歌集として作りたいと考えた。これは、『徒然草』にも通ずる「形式にはこだわらない」という姿勢そのものであった。

◆和歌の家のその後

京極家は結局、京極為兼一代で勢いを失ってしまう。京極家との抗争を勝ち抜いた二条家は、為世―為藤―為定の三代の間、公家社会に浸透し定着したが、その後勢いを失い、一四世紀末になると、この血統は断絶してしまう。

その後を担ったのが、「二条派の四天王」と言われた、浄弁・頓阿・慶運・兼好たちであった。中でも、頓阿の歌集『草庵集』、『続草庵集』は二条派和歌を代表するものとして尊重され、頓阿は二条派・四天王の中心になっていく。

このような中、和歌の家・御子左家の血統は、定家の孫（為家の子）の為相《ためすけ》を祖とする冷泉家が残るのみになった。為相は晩年を鎌倉で過ごし、冷泉流を武士の間に広めた。この為相の子が為秀である。この頃、兼好は、冷泉為秀とも親しく交わっていた。

◆兼好、今川了俊に会う

兼好の晩年、冷泉派の歌人でもある今川了俊（一三二六―一四一四年頃）は、京都の冷泉家での為秀の主催する集まりで兼好と会うことがあった。

今川了俊は兼好について、

「その世にも（その頃には）、二条為世《にじょうためよ》卿の門弟らの中には、四天王とかいうて、

――その四天王は、浄弁、頓阿、能与、兼好ら、也。

――兼好、能与は、早世して跡なくなりしかども、存命の時は、兼好法師は、為秀《ためひで》卿の家をば、ことのほかに信じて――」などと、言及している（今川了俊は、足利家と同族で、遠江《とおとうみ》と駿河《するが》の守護となり、戦国時代に続く大々名《だいだいみょう》となった今川家の始祖である今川範国の二男である）。

◆直義の『高野山金剛三昧院奉納和歌』に詠進する

一三四四年（康永三年）一〇月兼好は求められて、時の権力者・足利直義が勧進した『高野山金剛三昧院奉納和歌』に五首の和歌を詠進している。

「つ
『伝えきて聞くも初音を時鳥《ほととぎす》　深山にのみと何尋ぬらん』
か
『香《か》に匂ひ妙《たえ》なる色にあらはれて　御法《みのり》の花や春を告ぐらむ』
り
『理即より究竟《くきょう》に至る仏こそ　ひとつ心の玉と見ゆらめ』
し
『柴の戸に独り住む世の月の影　問ふ人もなく指す人もなし』
む
『武蔵野や雪降りつもる道にだに　迷ひの果てはありとこそきけ』」

一三四五年（興国六年）称名寺で、金沢貞顕の十三回忌供養が行なわれた。

◆『兼好法師家集』、完成する

一三四七年（貞和三年）兼好、六四歳。『兼好法師家集』はこの頃完成した。

（驚くべきことに、この『兼好家集』は昭和に入り、旧加賀藩・前田家に伝えられた兼好の自筆本が発見された）

◆兼好の閑かな生活＝功なり名遂げて

兼好は悠々自適の生活を送っていた。

『永遠《とこしなえ》に、違順に使はるることは、偏《ひとえ》に苦楽のためなり（人間、いつまでも順境と逆境の中を生きているのは、ただ楽をしたいためである）。楽といふは、好み愛することなり。これを求むること、止むときなし。

楽欲《げうよく》（＝願い欲する）するところ、一つには名なり、名に二種あり。行跡（行状・品行）と才芸（学問・芸能）との誉れなり。二つには色欲、三つには味わひ（食欲）なり。

万の願ひ、この三つに如かず（人が追い求めるものは、名誉と色と食の欲望である）。これ、顚倒《てんどう》（＝転倒）の想より起こりて、若干《そこばく》の煩ひあり（そもそも、これらは本末転倒の考え方から来るものであって、多くの苦しみをまねくものである）。求めざらんには如かず（なるべくなら求めないほうがよい）』（二四二段）などと答えている。これら四欲（三欲＋財欲）をすでに克服している（＝得ている）兼好にとって、「それらは必要な範囲で楽しめば良い」と言っているのだ。

さらに、現在の閑かな生活を次のように語っている。

『名利に使はれて、閑かなる暇《いとま》なく、一生を苦しむるこそ、愚かなれ。財多ければ、身を守るに惑《まど》し。害を買ひ、累《わづらひ》を招く媒《なかだち》なり。――』（身に過ぎた財産など不要だ）（三八段）と言い、また、『いまだ、真《まこと》の道を知らずとも、縁（世俗のつながり）を離れて身を閑かにし、事に与《あずか》らずして、心を安くせんこそ、暫く楽しぶとも言ひつべけれ。――』（七五段）というのも同じことである。

◆晩年の兼好を囲む人々

静かな隠棲の日々であった。兼好は孤独ではなかった。

妻・一条との間に子はできなかったが、義弟とも言うべき堀川具親が健在で、具親の家族とも親交があり、具親はしばしば兼好宅を訪問し、談笑することを好んだ。具親の叔母で、故後二条天皇の母の西華門院も健在で、時々兼好宅に顔を見せた（一三五五年＝正平一〇年没。八七歳）。

◆幕府の中では、直義と高兄弟が対立

一三四七年（貞和三年）南朝方が蜂起して、京都奪回の動きを示してくる。

一三五〇年前後（貞和・観応年間）になると、勢力を盛り返してきた南朝方を討って意気上がる高兄弟と、政務担当である直義が対立してきた。尊氏は両者の調停を計ったが、それは高兄弟に与するかれの意向を反映して、直義が政務を尊氏の嫡子・義詮《よしあきら》に譲り（直義が後見）、師直の執事復帰を認めるものであった。

◆直義、出家させられる

この和解はすぐに破れ、直義は師直の圧力で出家に追い込まれ、直義の養子・直冬《ただふゆ》は尊氏から九州に追われることになったが、九州で勢力を蓄えることに成功する。

（直冬は、一三二七年（嘉暦二年）頃、生まれる。尊氏の実子であるが、実母の身分が低かったため尊氏はかれを認知しなかったので、直義がこれを養子にした。没年不詳。一三六六年（貞治五年）であるか）

◆直義、京都を奪回する

この後、尊氏が直冬を追い、西国に下向する中、出家させられた直義は南朝と結び、義詮が守る京都に進軍し尊氏軍と衝突したが、これを破り、

一三五一年（観応元年）一月京都を奪回した。このとき、父・上杉重能を師直に殺された直義軍の上杉能憲が、兵庫において師直以下の高一族を皆殺しにしてしまった。これは衝撃

の出来事であった。

◆三つ巴の騒乱が続く＝「観応の擾乱」

直義は尊氏の帰京を許し、政務に復帰するものの、両者の不信はつづき、両者が拮抗する京都の政情は全く安定せず、ついに直義は政務を辞し北陸方面に向かったあと、直義党の有力者である上杉憲顕が守護する鎌倉にむかい、鎌倉府に入った（鎌倉府は、鎌倉将軍府の後身である）。これは、直義の長年の念願であった。

尊氏は畿内、東海、四国、山陽に勢力を持ち、南朝は畿内の一部を支配していた。この情勢を見て、尊氏は南朝と結んだあと東上し、直義軍の攻撃を始めた。

一三五二年（南朝暦で、正平七年）一月直義は尊氏に降伏し、二月、毒殺された。

一三五三年（正平八年）直義が死んだ後も、九州・中国に勢力を広げた直冬は、旧直義勢を糾合し、南朝と結ぶなどして、

一三五四年末に至るまで、尊氏・義詮軍と対抗を続けた。

◆尊氏、死す

一三五八年（延文三年）四月尊氏は、南朝方に押され苦境にいる島津氏応援のため九州遠征に取りかかろうとしていたところ、病に死す。享年、五四歳。

◆『今は忘れにけり』

このような、世上騒乱の中、
一三五二年（観応三年）八月以後に、兼好死す。六九歳か。

兼好の自宅では、横たわる兼好の側に堀川具親がいた。このとき、五九歳。

具親は、眼を閉じてしまった兼好の手を握って、兼好に言う。

「兼好《かねよし》、お前はよく、落ち込んでいる私に、

『つらいことがあっても、折角の人生なのだからつらいなどと言っていられようか』などと言って、私を勇気づけてくれたな。

〈本意にもあらで、年月《としつき》経ぬる事を
（三五）『憂きながらあれば過ぎゆく世の中を　経がたきものとなに思ひけむ』〉

さらに最近は、『今日まで逃《のが》れ来にけるは、ありがたき不思議なり』（一三七段）などと言ってとぼけていたが、いつも私を助けてくれた。

本当に世話になったな。お前は私の兄であり、父であった。お前のことはいつまでも忘れることはない」。

目を閉じた兼好の口が、わずかに動いたように見えた。

具親「兼好《かねよし》、何だ、なんと言うたか」

具親には、兼好が『今は忘れにけり』（一六八段）と言ったように見えた。

死に臨む兼好の頭の中では、
兄・兼清《かねきよ》とともに東海道を京都に向かったときのこと、
比叡山において卜部の父、兼清らと桜を見たときのこと、
堀川家に入るとき基俊が励ましに来てくれたときのこと、
六波羅探題に兄・兼雄を訪うたときのこと、

金沢で老母に再会したときのこと、
岩倉で具親に仕えた日々、
『続千載和歌集』に入集され、晴れて勅撰歌人になったときの高揚した気分で過ごした日々、
延政門院の一条との夢のような日々と、つらかった別れ、
など、様々の情景が走馬燈のように駆け巡っていた。

洛西・双の岡の麓にある法金剛院の過去帳では、兼好の没年を「観応元年（一三五〇年）四月八日」としているようであるが、これは「その前後に、法金剛院において兼好の葬儀が行なわれた」といった程度の記録として受け止めればよいのであろう。

この後、兼好の亡骸《なきがら》は、すでに兄と母が眠っている、双の岡の無常所（墓地）に葬られた。

（完）

筆者の後書き

『徒然草』は、筆者にとって約四五年前の大学受験の勉強の際、東京・雑司ヶ谷の下宿での一年間の浪人生活のなか、古典乙一の参考書（リーダー）として一年間取り組んで以来の付き合いになります。おかげさまで大学の方は合格することができましたが、兼好氏の出自・生活について気にはなったものの、そのままになっていました（昨年この下宿を見に行きましたが、建物は別の持ち主の素敵な新築住宅に建て替えられておりました）。

このような中、昨年（平成二五年）春、東京・神保町の古書店において幸いにも、超稀覯本である岩波文庫『兼好法師家集』（昭和一二年発行）、冨倉徳治郎『人物叢書卜部兼好』吉川弘文館（昭和三九年発行）、林瑞栄『兼好発掘』筑摩書房を入手することが出来ました。

さらにこの後、兼好の「現場検証」ということで、横浜・金沢区の称名寺・金沢文庫を訪れたところ、同文庫では、なんと『特別展　徒然草と兼好法師』を開催していました。

ここで、同題名の記念文集と、金沢文庫の作る『金沢北条氏・金沢文庫歴史年表』を入手することができました。これらの不思議（＝偶然）に導かれて、「歌人＝卜部兼好を追跡する」という本作業に取りかかることが出来ました。

本作業を終了して感じたことは、結局『徒然草』だけを何度読んでも吉田＝卜部兼好の人物像は浮かんでは来ず、『兼好法師家集』を合わせ読み、さらに鎌倉時代史、南北朝時代史、金沢・北条氏の歴史を参照してはじめて彼の人物像が見えてくる、ということです。「兼好に対する、新しい一つの取り組み方を提案できたかな」と、自負しています。

参照した多くの著作、お世話になった皆様に深甚なる感謝を申し上げます。本書の原稿は筆者の生徒・学生時代の恩師の方々に査読していただき、さらに専門家にもご意見をお願いしました。皆様に感謝を申し上げます。

なお、読者においてお気づきの点がありましたら、出版社を経由して筆者までお知らせください。

◆参考文献

下記著作を参照いたしました。ここに深甚の感謝を申し上げます。

①　岩波文庫『兼好法師家集』西尾実校訂

②　新日本古典文学大系『中世和歌集・室町篇』の中の『兼好法師集』荒木尚校注　岩波書店

訳が付いているので、重宝しました。

③　岩波文庫『新訂徒然草』西尾実・安良岡康作校注

本書の「注釈」には大いに助けられました。感謝を申し上げます。

④　ちくま文庫『徒然草』島内裕子校訂・訳

⑤　日本古典文学全集『徒然草』永積安明校注・訳　小学館

語釈・本文・訳が縦にならんでおり、見やすく重宝しました。

⑥　日本文学全集『三　王朝日記随筆集』中の「方丈記」、「徒然草」

（ともに、佐藤春夫訳）河出書房

⑦　同『六　古典詩歌集』中の「梁塵秘抄」池田弥三郎訳

兼好の人物像については、
⑧冨倉徳次郎『人物叢書　卜部兼好』吉川弘文館
いまもなお、兼好伝の基礎文献です。
⑨島内裕子『兼好』ミネルヴァ書房
⑩幻冬舎新書　大野芳『吉田兼好とは誰だったのか　徒然草の謎』
材料が満載すぎて、私には兼好の姿がすっきり見えませんでした。
⑪林瑞栄『兼好発掘』筑摩書房
本作は基本書です。今後も三読、四読して行くつもりです。林教授のご勇気・ご努力に
深甚なる感謝を申し上げます（教授は、筆者の大学の先輩です）。
⑫『徒然草発掘　太平記の時代一側面』（叢文社）中の、
志村有広「『徒然草』覚書」、
伊藤太文「兼好の系譜新発掘と太平記の時代」
⑬神奈川県立金沢文庫の『金沢北条氏・金沢文庫歴史年表』
↓一つの年号の誤りを指摘することが出来ました。

同・記念文集『特別展　徒然草と兼好法師』中の、『徒然草と兼好法師』、小川剛生『兼好の社会的地位』
兼好が生きた時代相については、我が国の文字通り「歴史遺産」とも言うべき業績である下記を参照し、必要に応じて該当部分を引用（借用）させていただきました。深謝を申し上げます。

⑭ 下西善三郎『兼好　人と文学日本の作家一〇〇人』勉誠出版
多くの示唆をいただきました。ありがとうございます。
⑮ 上田三四二『徒然草を読む』講談社学術文庫
多くの示唆をいただきました。ありがとうございます。
⑯ 日本の歴史 七巻『鎌倉幕府』石井進中央公論社
⑰ 同 八巻『蒙古襲来』黒田俊雄
⑱ 大系日本の歴史 五巻『鎌倉と京』五味文彦
これは必読の基本書です。及び、先生の『徒然草の歴史学』も、拝読しました。
⑳ 同　六巻『内乱と民衆の世紀』永原慶二
㉑ 集英社版日本の歴史　六巻『王朝と貴族』朧谷寿

㉒同　七巻『武者の世に』入間田宣夫
㉓同　八巻『南北朝の動乱』伊藤喜良
㉔網野義彦『日本の歴史を読み直す』ちくま学芸文庫
㉕次田香澄全訳『とはずがたり』講談社学術文庫
㉖堀田善衞『定家明月記私抄』ちくま学芸文庫

このほかに漏らしてしまった著作もあるかも知れません。ご容赦をお願いいたします。
著者の皆様に感謝を申し上げます。（筆者・敬白）

筆者／松村　俊二（まつむら・しゅんじ）

1951 年（昭和 26 年）群馬県に生まれる
1974 年（昭和 49 年）東北大学法学部卒業
2013 年（平成 25 年）から著述業に専念する
東京都板橋区在住

卜部兼好（うらべのかねよし）—吉田兼好の真実

発行　2016年3月1日　初版第1刷

著　者　松村俊二
発行人　伊藤太文
発行元　株式会社 叢文社
東京都文京区関口1—47—12江戸川橋ビル
電　話　03（3513）5285（代）
http://www.soubunsha.co.jp

印刷・製本　モリモト印刷

定価はカバーに表示してあります。
乱丁・落丁についてはお取り替えいたします。

ISBN978-4-7947-0757-4